經典電影鑑賞
02
宿舍
大逃亡
火茶 著

六〇六寢室床位配置圖

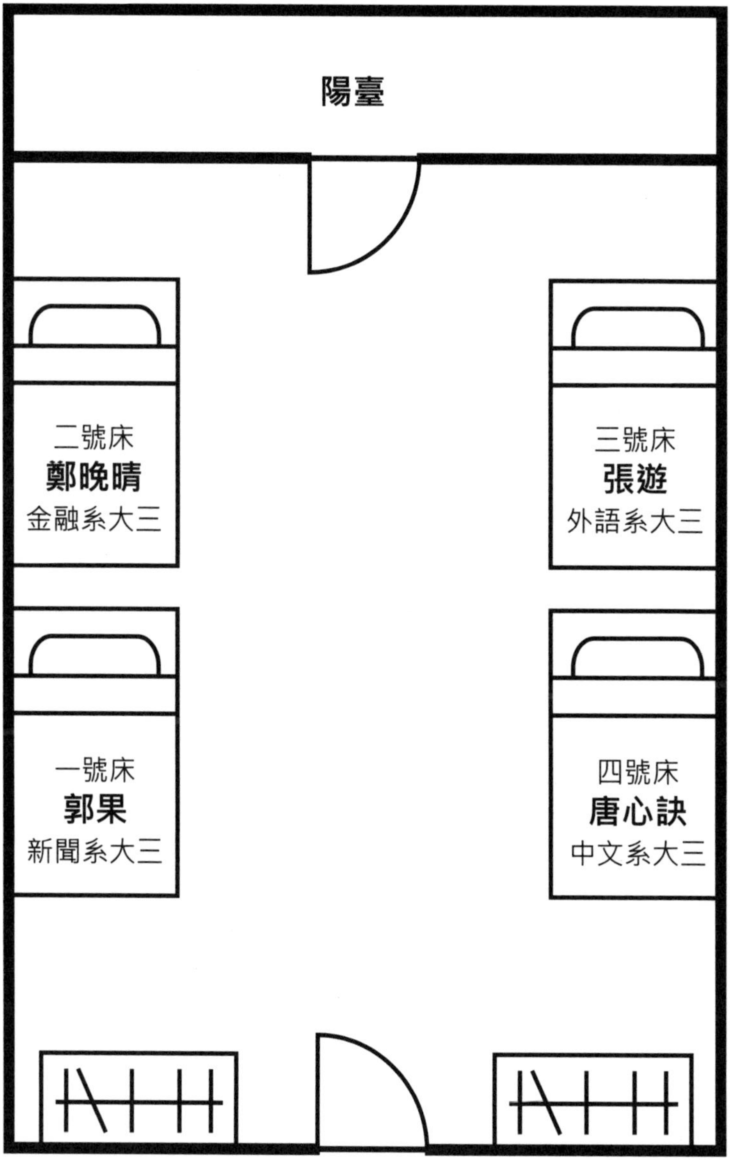
陽臺
二號床
鄭晚晴
金融系大三
三號床
張遊
外語系大三
一號床
郭果
新聞系大三
四號床
唐心訣
中文系大三

目錄
CONTENTS

第一章　經典電影鑑賞

『馬桶吸盤小兵（三級）：3級物體類異能，熟練度：45/1000。』

此刻，在基本資訊下，除了已經升到中級的回血輔助能力，又多了一條破防特性：

『初級攻擊：攻擊時，有0.5%的機率無視目標所有防禦。』

『眾所周知，有矛必有盾，但針對馬桶吸盤的防禦，世界尚未有人開始研發。』

唐心訣垂眸。如果說到這一步，異能升級後的特性還尚且正常，那麼再往下……

『新增功能：吞噬（一級）。』

『功能介紹：繼承了主人凶殘特性和迫切變強的願望，馬桶吸盤決定採取食補的方式。可吞噬一切蘊含能量，且等級低於馬桶吸盤的遊戲物品，有3%—30%機率繼承該物品部分特性。』

『當新的功能增加時，沒有一個主人是無辜的！』

唐心訣：「……」

明明是強悍的功能，可配上馬桶吸盤的特殊形態，再加上它的吞噬方式，便升起一股難以形容的詭異感，令人心情複雜。

幾人眼睜睜看著橡膠頭把幻魔殘肢「吃完」，還往外吐出兩塊冰渣，彷彿表達吃飽了。

兩秒後，一道光華在塑膠桿上出現，形成個指甲蓋大小的黑色骷髏印記。

『吞噬成功，已繼承屬性「穿梭」。』

感應到異能的回饋，唐心訣挑起眉，舉起馬桶吸盤揮了揮，手感一如往常。

既然是屬於幻魔的屬性，再加上這個名字……唐心訣有了猜測，拿出手機按兩下，張遊那邊就響起了來電鈴聲。

張遊接通視訊通話，有些不明所以：「打電話給我幹嘛？」

她們就面對面站著，有什麼事不能好好說嗎？

話音未落，她看到唐心訣抄起馬桶吸盤，把橡膠頭往螢幕上一戳——

下一秒，隔著視訊通話，被戳到螢幕上的橡膠頭，沒受到任何阻礙，輕輕鬆鬆從她的手機裡鑽了出來！

張遊：！

唐心訣：「果然如此。」

她拔回馬桶吸盤，張遊那邊的馬桶吸盤也消失了。兩個手機完好無損，沒留下半點痕跡。

親眼目睹這一幕的室友：「……」

「這就是，妳馬桶吸盤的新功能？」張遊回過神來，驚異之餘還感覺有點熟悉：「我怎麼好像在哪裡見過……」

親眼目睹這一幕，郭果和鄭晚晴對視一眼，異口同聲：「幻魔！」

冬季副本中，幻魔從唐心訣手機裡伸出來的那一幕，留下的印象太深刻了，想忘記都不行。

室友們隨即反應過來：「馬桶吸盤吃了幻魔殘肢，所以有了幻魔的能力？」

唐心訣點頭：「一次只能繼承一個屬性，它的運氣還算不錯。」

郭果也若有所思點點頭，然後拿起自己桌上的檯燈，朝馬桶吸盤一投：「啾！吃個檯燈看看，能照明嗎？」

「噗噗。」橡膠頭嫌棄地把檯燈吐了出來。

唐心訣哭笑不得：「它只能吃遊戲內的物品，物品內必須包含某種能量。」

「這樣啊……」室友想了想，接連把目光投向同一位置——從上場考試裡帶出來的老舊收音機上。

「噗噗。」橡膠頭又把收音機吐了出來，還滋了一道水以示不滿。

「它應該是吃不下去了。」唐心訣得出結論。

一定時間內，馬桶吸盤能吞噬的物品有限，成功吞噬後或許也需要「消化」。要不然，可以無限吞噬，未免太過Bug。

即便如此，這個聞所未聞的「物體類異能」，現在也終於有了異能的樣子。

馬桶吸盤又驕傲地滋出一道水。

復盤完評分和獎勵，已經是晚上九點。肚子餓得咕咕作響，幾人卻顧不得吃飯，而是立即打開了學生商城。

上次是錢包太扁，她們捏著緊缺的積分，只能省著著買。現在窮人乍富，頓時看花了眼。

「我看到了什麼！這裡居然還有火鍋！」郭果流下口水，「菌湯骨頭湯海鮮湯，吃完能增強體質……吸溜！」

張遊無情拍下她的手：「不可以衝動消費！」

比起之前捉襟見肘的貧窮，現在的積分看起來多，但比起商城裡種類繁多的商品，根本不夠看。

為了下次考試能安全通關，她們必須把錢花在刀刃上。

五分鐘後，唐心訣和張遊整理出一份購物清單。

清單將想買的東西分為三種類型：保命必須類、進化提升類、輔助日常類。

顧名思義，保命用品就像張遊的惡意感應器，一次性防護道具等，是關鍵時刻可以救一命的道具。

進化提升類，多半為增強個人實力的異能。只不過這類商品價格奇高，昂貴的類似狼人血統、金鐘罩鐵布衫，甚至火柴人變身這種離奇的異能，積分都在一百以上，她們現在根本買不起。

而輔助類，就像唐心訣的冰凍三尺符一樣，需要針對不同考試特點臨時採購。

做完總結，唐心訣提議：「我們可以按照各自特點和發展方向進行購買，可以參照考試的個人評價。比如我的方向是輸出，購買時就以提升戰鬥力的道具為主。」

「有道理。」張遊點頭，心有餘悸道：「我連續兩次定位都是打野，而且有種莫名預感，下次可能還是我。所以以防萬一，必須準備好防禦道具。」

畢竟逮著一根韭菜薅這種事，在遊戲裡就算發生了也不讓她意外。

郭果也沒有異議，她連續兩次都是輔助，再加上異能陰陽眼，挑道具的範圍自然鎖定在靈異方向。

唯一糾結的，反而是大咧咧的鄭晚晴。

她上次評分是坦克，這次是輔助，又尚未覺醒異能，因此反而不知道該選哪種定位才好。

「遊戲評價只是其一，最重要的還是妳本身的特點和取向。」唐心訣開導她。

鄭晚晴托著下巴，桌面鏡子照出她精緻的五官，哪怕在副本裡折騰了好幾天，也不減半分顏值。

「我的特點嗎？」

看著鏡中自己的臉，鄭晚晴眼中的迷茫漸漸散去，並堅定地得出答案：「那就坦克吧！」

然後她打開商城，開始搜尋「狼人強化」、「防禦鎧甲」、「幻魔殘肢綁在身上能反傷嗎」……

眾人：「……」

睡覺前，吃飽喝足，洗手焚香後，幾人重新圍坐在一起，神色凝重。

「做好準備了嗎？」

「做好了。」

現在，最重要的時刻到來了。

打開學生商城，紅彤彤的轉盤在四支手機上同時轉動。

抽卡時間！

或許是有「優秀新生」Buff 幫助，連抽之後，幾乎每個人都抽出了道具。

張遊和郭果抽中護盾、鄭晚晴抽中了身體強化，查看之後，三人驚喜之情溢於言表。

唯一沒抽出任何道具和異能的人，唐心訣：「……」

看著自己抽出的一堆餅乾、麵包、礦泉水，唐心訣有些不敢置信。

她整整十連抽，居然抽了個寂寞？

非酋竟是我自己？

抽獎次數只剩下最後一次，接受現實後，她沒報什麼希望點了下去。

『恭喜抽中金色道具：成就兌換機！』

一個巴掌大小，宛若小型遊戲機的紅色機器掉了下來。標籤上的金色標誌著道具等級的特殊。

幾人注意力瞬間被吸引，凝聚在嶄新的道具上。

『成就兌換機：可以把成就兌換成積分的道具，不同成就價值不同，已被兌換的成就不可二次販賣。但是放心，身為一個兌換機，它十分公正，至少比虛偽的商人公正得多。』

「簡單來說，就是有了這個道具後，成就可以換錢？」

眾人交換目光後，二話不說立即火速翻找。

「我錯了，我再也不吐槽遊戲給的成就莫名其妙，像市場批發大拍賣了。」

郭果只有三個成就，分別是「鬼怪吸引力、膽小鬼、清澈的雙眼」，迫不及待打開兌換機，數秒後，機器給出估價：二．五積分。

積分入帳，金錢的聲音令人精神煥發。

「如果後人有評價，我希望他們的記載中，我曾經在二十歲靠刷成就點在遊戲裡暴富。」郭果幽幽說。

唐心訣對積分沒有迫切需求，決定先暫時不兌換，只看看估價。

按下指紋，兌換機頓時被成就塞滿，其中大部分都只有〇・五基礎積分，只有兩個成就顏色不同，估價也更高：

『鬼怪的畏懼：我或許只是鬼，但你真的不做人！』

『檢舉大師：沒有人比我更懂規則，檢舉系統也是這麼認為的。』

全部成就加起來，總共可以兌換十一積分，以後如果有急需，是一筆不小的收入。

時間飛快流逝，臨近零點時，疲憊感不受控制地湧上，走廊上的沉重腳步聲不停摩擦門口，遊戲在提醒她們入睡。

萬事俱備，只待明天。

一覺醒來，唐心訣下意識抽出馬桶吸盤，確認四周沒有危險後才放鬆下來。

但很快，她就發現了不對勁。

四肢充盈著力量，指節按壓時咯咯作響，翻身時也毫無滯澀感，與從前的身體相比，竟彷彿重新成長了一般！

想到什麼，她迅速打開身體資訊欄位，找到了答案。

以反應力、耐力、免疫力、身體強度組成的四維屬性，兩場考試下來，透過各種加成，已經發生了翻天覆地的變化。

原本每個屬性都只有十點左右，大概是一個普通人的正常標準。現在已經到了十五點至二十點之間，她的「免疫力」最高，現在是二十七。

如果說上次變化尚不明顯，那麼現在近乎翻倍，感覺格外清晰。

醒來的室友也紛紛睜大眼睛，不停摸自己的手腳，顯然有了同樣感受。鄭晚晴更是興奮得直接從床鋪後空翻下來，嚇得對面床的郭果當場清醒。

『叮咚咚、咚咚叮——』

『快樂星期二，上課時間到，考卷已分發，大家準備好——』

『親愛的同學們，你們今天有努力讀書嗎？』

難聽的起床鈴再次響起，沒給幾人準備時間，APP上考試已經更新。

只不過幾人定睛看去時，發現這次選項只有兩個：

『A卷：《人體解剖》。』

『B卷：《經典電影鑑賞》。』

「光是看這個名字，我就想選B卷。」郭果縮起脖子。

唐心訣伸手：「我來看看。」

「鑑定」是她昨天從商城買的能力，每天限使用十次。用在這時剛好可以鑑定考試難度。

能力觸發，鑑定結果顯示，兩門考試難度相同，均為C級。

眾人鬆一口氣，鑑於寢室裡沒有醫學生，但是電影大家都會看，B卷很快得到全票通過。

『經典電影鑑賞，顧名思義，這是一門為了提高學生審美能力而開設的課程。只要你的鑑賞足夠深刻，相信高分並不困難。』

『注：本卷屬於課程《經典電影鑑賞》，可根據考試成績獲得相應課程證書（被當除外）。』

從介紹看不出什麼，幾人便進商城掃了一圈，合資買了個一次性集體保護罩，以防開局殺。

『叮，報名成功，考試載入中……』

『經典電影鑑賞考試開始，試卷已開，請大家努力答題！』

黑暗散去，再睜眼時，唐心訣發現她並沒像以往考試那樣從床上醒來，而是端端正正坐在書桌前。

書桌上，一部電影正在筆記型電腦裡播放：

一個沒有頭的身體，從血跡模糊的牆壁上爬下來，抱住了掉落在地上的頭後，頭顱忽然睜開眼，對著畫面露出陰森森的笑容。

伴隨電影內的尖叫聲，郭果猝不及防受到驚嚇的尖叫聲隨之響起——好傢伙，她們要鑑賞的是這種「經典電影」？

第二章　三年一班死亡錄

昏暗的電影畫面裡，無頭鬼抱著自己的頭，緩緩向螢幕方向爬過來。

「我靠我靠！它要出來了！」郭果直接一推桌子飛快竄到唐心訣身邊，指著電影瑟瑟發抖：「恐怖電影必備環節！它肯定會爬出來弄死我們！訣神！快！馬桶吸盤！」

「郭果，妳喊什麼？」

聽到尖叫聲，張遊和鄭晚晴轉過頭來，面露不解。

郭果拍大腿：「鬼片啊！妳們看電腦上……欸，妳們電腦怎麼沒有？」

定睛看去，張遊和鄭晚晴的電腦螢幕上根本沒有無頭鬼。張遊那邊是一個老奶奶在切肉餡，鄭晚晴的電腦上則是一間教室，學生全在低著頭念書。

只有唐心訣和郭果正在播放的電影是一樣的，眼見無頭鬼爬得越來越近，頭顱臉上的笑容也越來越大，鏡頭忽然一轉，轉到了幾個瑟瑟發抖的少年少女身上。

四名約莫十七八歲的少年少女，靠著玻璃窗，無頭鬼正在逐步向他們逼近，暗紅血液在地面蔓延。

唐心訣握住滑鼠，移到畫面底端，發現沒有可拉動的時間軸，也不能暫停，只有關閉選項。

『你是否要關閉此電影？退出後瀏覽進度將清零。』

選了否，畫面繼續。少年少女扯著嗓子叫得撕心裂肺，沒說出半點有意義的臺詞。鏡頭也非常單一，只有一個俯瞰的視角。

相比起電影，看起來更像是某個錄影帶或直播？

唐心訣對畫面使用了「鑑定」：『一部經典電影，效果真實原汁原味，看過的人都說好。』

郭果是不敢回到自己那邊單獨看了，其他兩人也抱著電腦湊過來，四個畫面放在一起同時播放，衝散了詭異感，反而有點鬼畜。

打開APP，考試要求已經彈出：

『本次考試範圍共有八部電影，請選擇至少四部進行觀看。』

『觀看進度達到百分百，即會進行觀影問答測試，回答正確可進行現場觀後心得撰寫，回答錯誤則需重看。』

『考試通關要求：以寢室為單位，完成四篇及四篇以上電影觀後心得。』

看到考試規則清晰明瞭，不遮遮掩掩欲說還休，眾人下意識鬆了口氣。

被上一場A級難度坑出心理陰影，如今進了C級考場，竟然還有種……莫名的安全感？

唐心訣提醒：「無論如何不能掉以輕心。」

A級未必一定團滅，C級也未必一定生還。

進了副本，就只能竭盡全力，爭取最高的存活可能性。

仔細看完考試規則後，唐心訣直接在螢幕上點了關閉，畫面頓時退回一個資料夾。

資料夾裡共有八部電影，名字分別為：《無頭怪談1》、《無頭怪談2》、《三年一班死亡錄》、《宿舍有鬼》、《鏡中有鬼》、《山村惡靈1》、《山村惡靈2》、《夜半別開門》。

……經典沒看出來，看起來倒挺像爛片的。

唐心訣一一看去，對應考試剛開始四人電腦中播放的，她和郭果看到的是《無頭怪談1》，鄭晚晴看的是《三年一班死亡錄》，張遊看的則是《山村惡靈1》。

張遊提出疑問：「是我們每個人都要看四部，還是總共看完四部？」

唐心訣：「既然是以寢室為單位，那麼加起來看滿四部就行。而且這場考試沒有時間限制。」

沒有時間限制，說明主要危險來自於電影鑑賞本身。

「當然，限制依然存在。」唐心訣又補充：「電影進度到百分百，就會開啟觀影測試，且不能暫停。即是說，我們必須在測試開始前做好準備。」

總之，絕不能貿然看完一部電影——誰知道殺人條件會不會因此觸發？

郭果手一抖，把自己的電腦也關了：「那我們四個人一起看比較好吧！」

四個人一起答題，不僅更安全，正確率也更高，當即便定了下來。

鑑於《無頭怪談》開頭對郭果傷害略大，幾人決定從剩下六部開始一一甄別，如果感覺不對就關閉，最後選擇一部最簡單的進行後續考試。這樣雖然耗時間較長，勝在謹慎。

選擇之前，郭果先一步叫停：「等等！」

她從脖子下方拽出一個紅色水滴吊墜握在手裡，對準螢幕一一掃過去。

這是她昨天斥三十積分鉅資兌換的道具「預感之眼」，結合自身感知力，可以用來判斷吉凶。

很快，郭果驚呼一聲，指向一個電影：「不能看這個！」

她指的是《夜半別開門》。

吊墜發燙，代表大凶。

「那就只剩下……五部。」唐心訣溫聲細語，非常鎮定人心：「沒關係，我們一一來看。」

選好順序後，電腦從《三年一班死亡錄》開始播放。

電影從一個簡單片名開始，黑底白字，紅色血液從字跡間緩緩滴落。而後畫面一切，變成了鄭晚晴方才所看的場景：

一個普通的高中教室，四十多名學生正在自習，從鏡頭角度來看，倒有幾分像監視鏡頭。

五分鐘後，學生們依舊在安靜自習。

十五分鐘後，還是在自習。

三十分鐘後，鄭晚晴終於忍不住了：「這電影拍的到底是什麼狗屎？再看我要睡著了！」

這種電影要是能被封為「經典電影」，國產恐怖片都可以逐夢奧斯卡了！

幾人都看得昏昏欲睡，唐心訣忽然皺眉：「有人起來了。」

畫面出現變化，是後排一對男女生，只見他們悄悄抬頭，確認四周沒人注意到後耳語了幾句，然後就這麼開始親暱。

母單至今郭果：「靠！」

單身二號鄭晚晴：「靠！」

單身三號張遊：「靠！」

單身四號唐心訣沒說話，她注意到一個細節：「女生的手變了。」

即便只有小小一隅，依然能看出，女生的手臂從白色變成了青色，指甲發黑變長。男生猶未察覺，直到女生從懷抱裡抬頭，兩人對視，女生眼裡留下兩條血淚。

「啊！」男生慘叫著跌倒在地，想開門逃跑，卻被門口的班導師抓住。

「王鵬，你幹什麼？」

名叫王鵬的男生語無倫次：「馮婉她，她的臉……」

老師並不聽他解釋，嚴厲訓斥幾句後，不由分說就把他關回了教室。

男生拚命捶門無果，瑟瑟發抖回頭，只見剛剛還伏案讀書的全班同學緩緩抬頭，臉上全部流下了血淚。

在他絕望而驚恐的尖叫聲中，同學們起身撲了上來，將他包圍……

看到這裡，唐心訣忽然察覺到不對，立即握上滑鼠關閉頁面，然而就在滑鼠點下的前一瞬，電腦畫面暗了下來。

『本部電影已觀看完畢！現在開始觀影問答測試！』

四人：「……」

你家一部電影只有三十多分鐘？開什麼玩笑？

怪不得不顯示時間軸，坑人考試！

現在再退出已經來不及了，一道選擇題很快出現在螢幕上：

『請問，這部電影講述的是誰的夢境？』

『A、趙明濤。』

『B、錢志。』

『C、孫倩。』

『D、李小雨。』

四人：「……」

「如果我沒有忽然失憶的話，」張遊眉心緊擰，「電影中好像沒有出現過這四個裡面任何一個名字。」

唐心訣面無表情：「妳沒有失憶，我也沒看見。」

不僅如此，也沒提到任何與夢境有關的事。

三十多分鐘的內容，除了監視器角度看自習，就只有最後幾分鐘出現了「王鵬」和「馮婉」這兩個人物角色，然而這兩個名字都沒出現在選項中。

這可真是司馬光邊砸缸邊彈琴——離譜！

『19、18、17……』

問答畫面進入倒數計時，容不得她們細想。

唐心訣的鑑定技能和郭果的吊墜都不起作用，此時別無他法，只能靠猜。

「由猜題法則可知，四個全不會就選C——」

「啪——」

滑鼠在C選項上落下。

倒數計時停止，問答畫面消失，緊接著彈出的字眼鮮紅刺目：

『回答錯誤！觀看進度已清零，正在重啟電影……』

不妙預感出現，唐心訣瞬間抽出馬桶吸盤，同一剎那，四周環境陡然大變。

書桌變為堆滿書的課桌，聚在旁邊的室友消失，變為排列整齊的課桌。

放眼望去，她身處的環境已經變成了一間高中教室，所有人都在埋頭讀書，室內只有筆尖落在紙上的沙沙聲。

這時，有人捅了捅她的後背，唐心訣回頭看去，正是剛剛電影中的男主角「王鵬」，他此刻看起來十分正常，探過頭小聲問她：「李小雨，妳知道王鵬昨天怎麼回事嗎？怎麼被班導師抓走了？」

唐心訣沉默兩秒，問：「你是誰？」

男生睜大眼：「不是吧，妳失憶了？我是趙明濤啊！」

「李小雨？李小雨？」

趙明濤一頭捲毛，瞪著一雙黑不溜秋大眼睛，見唐心訣一時沒回話，臉色立時不太好看了，「我問妳話呢，妳有沒有聽到啊？」

唐心訣抬眼注視回去，沒什麼情緒的目光把趙明濤看得發毛，才開口：「問我這個幹什麼？」

趙明濤摸摸鼻子，莫名不敢繼續擺臉色了。因為是自習課，他只能壓低聲音：「妳不是喜歡王鵬嗎，王鵬出了什麼事妳能不清楚？」

「李小雨」喜歡「王鵬」？

將這個資訊記下，唐心訣看了四周一眼。

電影中，「王鵬」和「馮婉」是隔壁桌，一個是男主一個是女主。

但現在，頂著「王鵬」臉的人卻說自己是趙明濤，而他旁邊的座位上空空如也。

顯然，一個人不可能既是王鵬又是趙明濤。

到底是電影中的夢境是假，還是此刻的「現實」是假？

兩秒後，唐心訣沒直接回答，而是反問：「馮婉去幹嘛了？」

趙明濤下意識往隔壁空位看了一眼，撇嘴道：「肯定又找孫倩玩了唄，她們肯定知道王鵬為什麼被班導師抓走，就是拖拖拉拉不肯說，我最煩你們女生矯情這點。李小雨，妳可別跟她們學矯情啊，心裡有點數。」

聽到這頤指氣使的語氣，女生先是微怔，而後浮起一抹極淡的微笑：「所以，你在教我做事？」

趙明濤：「……」

聽著輕輕細細的聲音，他愣了兩秒才反應過來，有些惱羞成怒：「妳什麼意思啊？我就不應該理妳，連人話都聽不懂，怪不得馮婉她們從來不和妳玩。」

剛說完，下課鐘響起，原本還算安靜的教室頓時人聲鼎沸。有人過來找他打籃球，趙明濤迫不及待起身，走前還不忘瞪唐心訣：「把國文作業放我桌上，我下節課要抄，知道嗎？」

門被「砰」地關上，熱鬧的教室內，女生神情沉下來，周身升起一股冷淡的距離感。思忖幾秒，唐心訣開始觀察自己的位子——或者說屬於「李小雨」的位子。學生的書桌下方有一個儲納空間，裡面亂糟糟堆滿了東西，取出外層的書本、試卷，最內側滾出一堆小玻璃瓶。

唐心訣把玻璃瓶取出來，見有的瓶子裡塞滿紙條，有的瓶子裡塞的是各種藥片膠囊，有的則是紅繩、紅色液體、沙礫以及分辨不出來的物質。

取出瓶內紙條，每個紙條上都標著時間，下方記著小字：

『9月5號，王鵬被教務主任抓走訓話，我在門口聽到，是因為他寫給馮婉的情書被檢舉了。』

——這大概就是趙明濤所問的事情。

唐心訣看完後闔上紙條，又打開下一個：

『9月4號晚，我跟著王鵬出校門，被馮婉她們發現了，她們笑話我像條狗。』

『9月3號早，我發現馮婉帶了衛生棉上學，她這次的生理期時間比上個月晚，而且似乎更疼。』

『9月2號中午，趙明濤吃滷肉飯牙齦出血，進了廁所漱口，可惜我不能進男廁所，看不到出血的嚴重程度……』

十多個紙條看下來，「李小雨」的形象在唐心訣腦海逐步構建起來：一個不折不扣的偷窺狂。

從紙條記載來看，李小雨不僅喜歡跟蹤人，偷偷觀察別人的隱私，還喜歡記錄別人倒楣或者受傷的狀態，寫進紙條藏進玻璃瓶裡。

除此之外，還找出兩個密碼筆記本，不知道密碼的情況下，也無從得到裡面資訊。唐心訣便暫時放下，回想現有資訊。

從現在正發生的一切來看，所謂「電影重播」，其實是把考生拉進電影中。以電影角色的視角親身經歷。

現在，她成為了「李小雨」。

推桌起身，唐心訣在教室內踱步，查看這裡的環境。

《三年一班死亡錄》這部恐怖電影，真正走劇情只有五分鐘，涉及角色只有三名——王鵬、馮婉、教務主任。

而出現在選項裡的四個人，包括李小雨在內也同樣是這個班級的學生。恰巧的是，他們紛紛出現在李小雨的小紙條裡。從紙條內，能看出李小雨對他們抱有惡意。

那麼，電影中幾乎全員變惡鬼的結局，會不會就是李小雨做的夢？

唐心訣在靠近講臺的第一排桌椅前，靠近門的位子停下。

穿堂風把桌面的教科書吹開，扉頁標記著一個名字：王鵬。

看來這才是王鵬真正的位子。

掀開他隔壁桌的書，也寫著名字：「孫倩」。

那麼還剩最後一個人尚未出現……

唐心訣把目光投向孫倩後桌。

「把手放下！妳在幹嘛？」

不客氣的喝斥聲忽然在背後響起，一個平頭男生搶步上來，在孫倩後桌停下，警惕地查看幾眼桌面，確認沒少東西後才抬起頭，眉頭一皺就對唐心訣厲聲道：「我警告妳，妳要是敢在我這偷東西，我就把妳腿打斷，把妳扒光了扔操場餵狗！」

唐心訣打量他：「你是錢志？」

「廢話。我不是錢志是妳爹？」男生咒罵著把東西都收進書包裡，又過來推她，「看到妳就煩，滾滾滾。」

還沒推到肩膀，錢志忽然手臂一沉，竟被女孩反手扣住。他嗤笑一聲：「還敢動手？我看妳想死……靠疼疼疼！」

半截話音停在嘴邊，錢志驚詫地睜大眼，手臂用力掙了好幾下，卻像被鐵鉗住般紋絲不動，反倒是骨頭傳來的劇痛令他五官扭曲，不得不齜牙咧嘴喊停，而後被輕輕一卸力跌進座位。

唐心訣如若沒事般收手，語氣輕飄飄：「你知道王鵬和孫倩現在在哪嗎？」

錢志揉著手臂，彷彿見了鬼一樣看著她：「我怎麼知道……等等，妳別過來！我知道、我知道！」

男生語速飛快：「王鵬是班長，這時候肯定在老師辦公室等著取作業發回來。孫倩、孫倩肯定和馮婉在一起，在哪我就不知道了。」

說完，生怕唐心訣再動手一樣，他拎起書包就要跑，腳步卻一滯，書包帶被薅住了。

錢志：「……」

唐心訣繼續問：「我以前偷過東西？什麼時候？」

錢志：「呃，全班都這麼說……」

唐心訣手上用力：「誰說的？」

錢志咽了咽口水迅速改口：「都是馮婉和孫倩！她們總和別人說妳偷東西，妳要算帳去找她們，我什麼都不知道！」

說完，趁著唐心訣力道微鬆，他一溜煙跑了。

男生消失在門外，唐心訣邁步跟上，然而沿著錢志跑路的方向看去，走廊卻空空如也。

嬉鬧聊天的學生，鼎沸的人聲，來往的人影，全部消失了。

感受著反常的寂靜，唐心訣雙眼微瞇，

她意識到一件事：如果電影所講的是一個「夢境」，那她現在所處的，是夢境發生前的現實，還是另一個換了版本的夢？

毫不猶豫對自己和空氣分別用了「鑑定」，資訊在腦海浮現：

『一個平平無奇的人類女高中生。』

『一個平平無奇的學校，或許裡面暗藏著故事。』

對這一結果並不意外，唐心訣閉上雙眼，捕捉識海裡的感知。

『精神控制（一級）：控制的第一步就是自控。你對自己的精神有相當嫻熟的瞭解。』

如果這裡是夢境，那麼精神力必然會有所察覺……

半晌後，唐心訣睜眼，確定了這裡是現實。

既然是現實，又出現空間斷層，那只有一個可能性——是電影本身的安排。

思緒轉動，唐心訣向走廊深處走去，直到寂靜走廊裡有歌聲響起，她才再次停下腳步。

面前的轉角處有一個洗手間，音樂、歌聲和笑聲都從裡面傳來。

走進去，唐心訣看見兩個長髮女生正背對著洗手檯，靠著窗臺聊天。

「不是吧，王鵬真的寫情書給妳了？」其中一個丸子頭女生問另一個長髮女生。

長髮女生咯咯笑：「當然啦，我在辦公室看到情書了。可惜被趙明濤檢舉給老師，看不到內容了。妳說，他們是不是都喜歡我呀。」

丸子頭女生也笑了：「妳怎麼知道是趙明濤檢舉的？」

「情書被放在我抽屜裡，我又不在，除了他還有誰知道？」

兩人窸窸窣窣交談，絲毫沒注意到有人走進來。

唐心訣走到洗手檯前，發現有支手機擱在洗手檯上，正在播放一首歌，稚嫩的少女聲音在裡面唱歌：「如果你見我所見，你就會理解我，如果你成為我，你也會做出同樣選擇，我們都一樣，大家都相同，歡迎來到我們的世界，瞭解我們所做的一切——」

窸窸窣窣的交談聲消失，唐心訣猛地後退一步，馬桶吸盤出現在手中擋掉一塊掉下來的物體。

物體掉到地上，是塊脫落的牆皮。

一塊、兩塊，越來越多的牆皮掉下來，從頂部到四周，白色的牆壁飛快老化脫落，變得暗黃充滿汙漬。與此同時，窗臺邊的兩個女生也沒了蹤影。

洗手檯前的鏡面，倒映出「李小雨」的模樣。

一塊塊皮膚像牆皮般從這個短髮女孩枯萎的身軀脫落，縱橫著暗紅的血跡，她咧開嘴，看著鏡外的唐心訣，露出笑臉。

鏡子裡的「李小雨」只出現了一瞬，便一閃而沒，只剩下唐心訣沉著目光望向鏡內的模樣。

「滋啦——滋啦——」

洗手間頂端的燈泡開始忽明忽滅，鏡面無聲流下一道道血跡，沒入洗手檯內。

撞擊的悶響從廁所隔間內響起，與此同時的爬動聲，遠處響起的尖笑和某種鈍器的敲擊……所有聲音透過空氣一層層疊上來，湧入耳膜。

不用想也知道，如果剛剛所處的世界是電影中的「現實」，那麼現在眼前的環境，應該是觸發了死亡條件後的裡世界。

混亂、詭異、危險。

為什麼會忽然觸發死亡條件？

唐心訣沒急著離開，而是無視了彷彿隨時有東西要從隔間爬出的撞擊聲，兀自走到窗戶前。

窗外彷彿起一層濛濛白霧，覆蓋在上面，混亂骯髒的血跡糊在窗框上，血手印一直蔓延到窗戶玻璃上。

她舉起手虛虛覆蓋在上面，大小不對，看來這裡與李小雨沒什麼關係。

離開洗手間進入走廊，此刻的走廊內已經同樣充滿濃郁的血腥味，地面布滿拖曳的血跡，還有明顯的燒灼味道，擠壓著進入肺部的空氣。

「砰！」

身後，廁所隔間的門忽然被撞開了。

一隻血肉模糊的手伸了出來，然後是慢慢爬出的身體，頭顱向著唐心訣的方向轉過來。

唐心訣與之對視，然後發現無法對視——因為對方沒有臉。

一隻穿著校服，但是沒有臉的鬼？

似乎想到什麼，唐心訣忽然轉身重新回到洗手間，走到了無臉鬼面前。

無臉鬼似乎也沒想到還有人能衝它來，它用力抬起頭去「看」唐心訣，鮮血一注注從頭頂噴出，漫過沒有五官的臉，看起來噁心又恐怖。

然而，唐心訣不僅沒露出任何不適表情，甚至還把馬桶吸盤結結實實戳在它臉上。

「能吃嗎？」她低聲問。

無面鬼：「……」

下一秒，橡膠頭真的在它臉上動了兩下，然後嫌棄地滋出一道水，沖散了無面鬼臉上的血。

不吃。

無面鬼：「……」

它奮力扭動身體，如同拼湊起來的關節咯吱咯吱向上抬，試圖抓住唐心訣。

唐心訣一抽手，馬桶吸盤抬起，連帶著無面鬼也被吸著臉硬生生吊了起來，失去支點的四肢在空氣中緩慢地亂抓，看起來甚至有點行動不便的淒涼感。

見馬桶吸盤沒有吃的意思，她搖搖頭，「不吃就算了。」

說完，馬桶吸盤用力向外一甩，無面鬼在空中劃出一個拋物線，隨著飛濺的血液落回廁所隔間，在馬桶上砸出悶響。

剛爬出去就被迫回來的無面鬼：你媽的。

見洗手間沒有其他異常，唐心訣迅速回到走廊，見到走廊盡頭有兩個人影一閃而過。

動態視力在瞬間捕捉到前面女生的背影，頭髮長度和髮型都與之前洗手間內的「馮婉」一模一樣。

毫不猶豫，她追了上去。

轉過走廊盡頭的轉角，只見和馮婉一模一樣的女生手裡拿著一把美工刀，正在一間教室前探頭探腦，在她身後，一個穿著同樣校服，但臉模糊一片的長髮女生悄悄纏了上來。

「幹！」

「馮婉」透過窗戶倒影及時看到身後的東西，當場爆粗口，美工刀反手捅回去，可扎進長髮女生身體卻彷彿刺進橡膠般，沒有任何傷害。

長髮女生咯咯笑著，脖子忽然拉長，下巴掉到胸前，扯出的黑洞朝著「馮婉」咬下！破空聲響起，一條冰錐忽然飛來，直直插進長髮女鬼太陽穴，讓它發出一聲尖叫！

「馮婉」趁機一腳踢起把它踹開，轉頭看過來，驚喜又有些不確定：「妳是心訣？」

「晚晴。」唐心訣篤定回應。

這麼一問一答，唐心訣已經到了近前，看見屬於馮婉的陌生面龐上，赫然是熟悉的神情和目光。

「我終於找到妳們了，這鬼地方真是一秒都待不下去，我竟然變成了電影裡的角色，還是個智障……」鄭晚晴還要說什麼，地上的女鬼四肢在地面一杵，竟彷彿蜘蛛般挺起，再次咯咯笑著向兩人撲過來。

話被打斷，鄭晚晴勃然大怒，「笑你妹！」

這次她制止了唐心訣出手，而是折起手臂握拳大喊：「重拳出擊——」

異能光芒在她手上浮現，接著便見馮婉纖細的身體上，肱二頭肌如充氣般迅速膨脹，拳頭上覆蓋一層紅光，對著長髮蜘蛛女捶了下去！

『沙包大的拳頭：看見這個沙包大的拳頭了嗎？別跟我比拳頭，我受的是傷，你丟的是命。』

商城兌換的能力一分錢一分貨，蜘蛛女的頭被一拳捶中，登時扁了下去，它四肢刮著地面試圖重新長出來，卻被一個東西按住動彈不得。

唐心訣問馬桶吸盤：「吃嗎？」

滋出一道水，馬桶吸盤依舊拒絕。

「……」

蜘蛛女發出一聲尖銳嘶叫，細細密密的沙沙聲隨之出現，從走廊的頂部，牆體和地面爬出無數小蜘蛛，每隻蜘蛛的頭頂都頂著一個面目模糊的人頭。

鄭晚晴果斷收手：「我感覺 San 值在瘋狂往下掉。」

「走。」唐心訣拉起室友的手，跑出這條走廊，一直到達樓梯口才停下腳步。

向下還是向上？

鄭晚晴急得直吸氣：「要是有手機就好了。」

進入電影之後，她們沒有手機和任何身外道具，也聯絡不上室友。不知道其他兩個人現在在哪裡，有沒有危險。

「往上。」用感知判斷過後，唐心訣做出決定。

在蜘蛛爬過來之前兩人飛速上樓，當樓梯標誌從三變成四，一道哭聲從轉角幽幽傳了過來。

兩人謹慎靠近，看見一個女生正趴在地上哭——準確的說，是半個女生。

女生的身軀從腰部被截斷，下半身澈底消失，她抬起頭，鄭晚晴一看大驚：「這不是孫倩嗎？」

孫倩，電影問答的第三個錯誤選項，似乎也是馮婉的朋友。除了洗手間一面外，唐心訣沒見到和她有關的任何劇情。

但看起來，從鄭晚晴的「馮婉」視角所見到的，應該另有一番劇情。

看到兩人後，孫倩嗚嗚哭起來，聲音彷彿從胸腔嗡嗡發出：「我好痛啊，快來救救我，我的舌頭沒了，身體被砍斷了，我被困在這裡不能出去，救救我……」

唐心訣端詳她：「誰殺了妳？」

孫倩：「是錢志，錢志心虛怕我告密，就砍斷了我的腿……嗚嗚……」

唐心訣想起，錢志，就是在教室內被她逼問了兩句的平頭男生。也是出現在選項中的人物，孫倩的後桌。

她繼續問：「他怕妳告密什麼？向誰告密？」

「怕我……」孫倩忽然不說了，她詭異地張開嘴：「我不說，我的舌頭被拔掉了，你們不想讓我說話，嘻嘻……」

鄭晚晴眉頭緊皺：「誰拔掉了妳的舌頭？」

「是……妳！」孫倩嘴角裂開，死死盯著她們：「因為妳恨我在外面說妳壞話，就拔掉了我的舌頭。我們可是好朋友，馮婉，妳好狠啊……」

唐心訣打斷她的抽泣，聲音冷靜得彷彿在做研究問卷：「所以，妳生前是被錢志和馮婉一起分屍了？」

孫倩：「……」

她表情似笑非笑：「不，這是我死後的樣子，因為你們這樣恨著我，所以我要變成這樣，當然，你們也是一樣……我們都一樣！」

隨著她聲音猛地尖銳拔高，四周牆壁忽然伸出無數雙手，朝兩人抓了過來！

「錢志拿走我的腿，我拿走他的手，現在我還缺一條舌頭，誰來當我的舌頭？妳們兩個的我都很喜歡呀。」

嘴上說著都很喜歡，牆壁上大部分的手卻向鄭晚晴抓過去，看來孫倩對於被馮婉割舌頭耿耿於懷。

「嚓、嚓、嚓——」

鈍器敲擊牆壁聲忽然從下方靠近，似乎正在有人沿著樓梯走來。

孫倩一愣，笑得更尖銳：「錢志來了！他想要手臂，哈哈哈，妳們的手臂……」

樓梯轉角走出一個陰翳的平頭男生。

他下肢變成了四條腿，肩膀下卻沒有手臂，只能用從嘴裡長長伸出來的舌頭捲著一把砍刀，砍刀刮在牆壁上，發出嚓嚓聲響。

正是錢志！

兩個怪物型NPC前後夾擊，一個沒有手臂，一個沒有腿，從兩側虎視眈眈看著兩人。

……竟然還挺身殘志堅。

鄭晚晴轉頭看她：「幹不幹？」

唐心訣皺眉：「耽誤時間，不幹。」

簡短兩句話結束，兩人同時默契地向另一側的走廊樓梯急速跑去。馬桶吸盤和「沙包大的拳頭」負責一人一邊抵擋手臂，飛速到了樓梯口，唐心訣拽住樓梯間一角大門，提醒室友：「關！」

兩扇門悶聲關合，暫時將孫倩的尖叫聲和錢志的砍刀阻擋在外。為節省時間，兩人順著樓梯欄杆直接飛速滑下去，滑到一半就向下一樓跳，一直到二樓才停下。

「這一樓很安靜，我沒感覺到更大危險。」

拉著鄭晚晴進了洗手間，把一個剛要爬出來的無面鬼塞回去。兩人才停下喘息。

鄭晚晴咳了兩下，急急道：「接下來我們要怎麼做？」

唐心訣言簡意賅：「交換資訊。」

「如果我沒猜錯，我們的視角不相同，看到的電影劇情應該也不一樣。」

而單獨的劇情線雜亂無章，人物關係撲朔迷離，裡世界來勢洶洶，看起來並不想給考生慢慢體驗劇情的餘地。

或許，只有將每個人經歷的部分拼湊在一起，才能還原出電影原本的內容。

第二章　裡世界

不說廢話，鄭晚晴直接開始講：「我進來時正好是自習，剛發現自己變成了馮婉，就被孫倩拉到班級外……」

糊裡糊塗蹺課後，她聽到孫倩一直講八卦。內容無外乎誰和誰談戀愛，誰送禮給老師，誰考試又作了弊，其中大部分都是別人的壞話。

不過八卦倒是囊括了所有電影角色的人物關係。鄭晚晴才知道，原來坐馮婉旁邊的人竟是趙明濤，王鵬則是三年一班的班長，還因為送情書給馮婉而被班導師痛批。總之和電影裡的「夢」根本不是一回事。

主角說完了，配角也沒放過。例如錢志陰險報復心強，和他關係好的趙明濤也一樣極度小心眼，這兩個不學無術的學渣對班長王鵬一直心懷嫉妒等等。

最後，孫倩神祕兮兮說：「李小雨，妳前桌，以後我們要離她遠點！聽說她最近在研究什麼邪術，可能是暗戀王鵬瘋了。從她轉學來我就覺得她精神不正常，多虧我提醒，現在全班都離她遠遠的，免得沾上晦氣。」

鄭晚晴聽完，想都沒想就脫口而出：「這不就是搞校園霸凌？」

「……」

孫倩強顏歡笑：「馮婉，妳說話怎麼這麼難聽？我可是好心啊。」

「好心個頭，妳覺得別人精神不好就可以到處宣傳讓人遠離她，那我覺得妳傻是不是可以直接揍妳？」

鄭晚晴雙眉緊擰，嚴肅批判：「你們都高三了，不研究怎麼考大學，成天想著怎麼八卦造謠禍害別人，對得起父母和自己嗎？」

被一頓嗆，孫倩面子實在掛不住，沉下來做委屈狀：「妳什麼意思，是不是有人和妳說什麼了，今天怎麼這麼咄咄逼人？」

正在這時，牆角忽然有細碎交談聲響起。

仔細一聽，談論對象恰好正是馮婉。談及她腳踏兩條船，一邊釣著趙明濤一邊又勾引王鵬，還唆使趙明濤檢舉，言語間充滿鄙夷。

孫倩捂嘴驚訝：「天哪，怎麼有人這麼說妳？肯定是嫉妒妳好看！」

「放屁，」鄭晚晴冷笑：「這絕對是妳散播的壞話，還故意讓我聽到，不，讓馮婉聽到，妳當我傻？」

當然，馮婉也不是什麼好人。從孫倩反應來看，兩人一丘之貉，以欺負人和造謠為樂，只不過馮婉更自大無腦。

道理是講不通的，在孫倩驚恐的叫聲中，鄭晚晴直接像提雞崽子一樣把對方拎了起來，打算武力逼問出全部情況。

「嘶啦——嘶啦——」

撕紙聲忽在角落響起，兩人循聲轉頭，看見一個瘦小的短髮女生正躲在牆角後面，對著她們撕紅紙，紙上是密密麻麻的黑色名字。

李小雨！

目光相對，李小雨詭異地揚起笑容，轉身就跑。

孫倩頓時失去理智般尖叫：「她又在詛咒我們！我要打死這個瘋子！」

說完孫倩奮力掙脫追了過去。

鄭晚晴見狀也拔腿就追，誰知道剛進教學大樓，四周環境開始褪色變化，裡世界陡然出現。

「再然後，我就在三樓碰到妳。」一口氣講完，鄭晚晴拍拍胸脯：「一開始我還不敢認妳，妳現在長得和那個李小雨一模一樣，幸虧有冰錐在。」

冰錐符是唐心訣在商城兌換的道具之一，一張符一個積分，和冰凍三尺符使用方法相同。第一次使用，就是在三樓遇到鄭晚晴時。

聽完室友的講述，唐心訣沉吟：「我們所見的劇情沒太大出入，但訊息依舊片面。」

李小雨一心憎恨著所有人，她似乎知道很多事情，卻被密碼本鎖著。

馮婉跋扈無腦，還有個口蜜腹劍的閨密孫倩，大概也被蒙在鼓裡。

現在最大的突破點，竟是孫倩和錢志。

「活人時的孫倩掌握學校內無數八卦，鬼怪形態的孫倩則說錢志怕她告密。證明錢志有祕密，而孫倩瞭解這個祕密。」

唐心訣猜測：「這個祕密有可能和電影夢境有關，也有可能和他們的死有關。如果我們能找到孫倩視角的故事，就能進一步揭開真相。」

寢室四人，如果每人進入一個角色視角，那麼孫倩的視角，很可能是張遊或郭果之一。

鄭晚晴精神一振：「那我們就找她們……等等，我們怎麼找？」

她這才後知後覺，有點傻眼。

事實上，鄭晚晴現在也沒搞懂，她到底進電影裡幹了什麼，又是怎麼和唐心訣忽然碰面的。

唐心訣理解她的茫然，「沒錯，我們進入裡世界之前，我見到的馮婉不是妳，妳見到的李小雨也不是我。」

「從這一點來說，我們應該處於不同的觀看角度，只能在各自角色視角走各自劇情，而不能彼此相交。」

「但只有在一種情況下，我們能進入同一角度，進而遇到彼此。」

鄭晚晴恍然大悟：「裡世界！」

只有觸發了裡世界，處於不同現實的四人才能見到彼此，交流資訊。

唐心訣點頭：「所以我們想要找到張遊和郭果，也同樣只能借助裡世界。只是……」

她話音未落，餘光瞥到鄭晚晴身後的鏡子，聲線微沉：「我們無法一直在裡世界等她們。」

鏡面光滑乾淨，沒有髒汙和血痕，代表正常世界正在回歸，她們也要再次分開。

果然，鄭晚晴身體越來越透明，她伸出手卻抓不到唐心訣，只來得及聽到對方的最後一句話。

唐心訣：「找李小雨！」

她進入裡世界前，在洗手間鏡子裡看到了李小雨鬼怪形態的身影，而鄭晚晴進入裡世界，也是因為追逐李小雨。

李小雨，或許就是觸發裡世界的條件。

彷彿鏡面破碎的輕微劈啪聲進入耳中，唐心訣睜眼回神，發現自己正站在洗手檯前。

依舊是三樓洗手間，沒有鮮血燒焦味和鬼怪，一切恍若一場幻覺。

洗手檯上的手機不知何時已經停止播放，陽臺邊傳來大聲抱怨。

「妳弄碎了我的化妝鏡！」馮婉喊。

「我不是故意的，是鏡子背面有一堆鬼畫符，嚇到我了。」孫倩連忙解釋。

她們掀開鏡子一看，果真有一堆詛咒的字眼。兩人立即斷定：「這肯定是李小雨那個賤人搞的！」

馮婉氣勢洶洶就要找人算帳，一回頭撞見正靜靜站在外面的唐心訣。

「……」

看見兩人，唐心訣臉上反倒浮起一絲笑意，主動開口：「怎麼，有什麼事不能好好說麼？」

兩人對視一眼，衝過來把鏡子摔到她面前，孫倩氣勢洶洶：「好好說？做夢！妳以前跟蹤我們，變態偷窺我們也忍了，現在還敢得寸進尺？上次沒被打夠嗎？」

馮婉搶起洗手檯上的手機：「妳還想偷我手機！果然是賊！」

唐心訣不管兩人的吵嚷，她關上廁所門，「啪」地落鎖，然後才轉身問孫倩：「錢志身上有什麼祕密？」

孫倩：「啊？」

她愣了愣，眼神閃爍：「李小雨，我不知道妳在說什麼，妳別轉移話題，等等，妳鎖門幹嘛？」

不知為何，孫倩倏地升起一股不好的預感。

而後，她和馮婉一起，眼睜睜看著原本佝僂陰仄的李小雨，直挺著腰桿，面帶微笑地，不知從何處抽出了一支……馬桶吸盤？

馬桶吸盤在洗手檯上砸下，瓷面立時出現一道裂痕。

「從現在開始，希望我問什麼，妳們就回答什麼，而不是等我動手，那樣會浪費時間。」唐心訣心平氣和。

孫倩愣了好幾秒，在「李小雨」的靠近下本能的一步步後退，一直貼到冰冷的牆壁，她猛地一個激靈，瞬間屈服：「別，有什麼事我們好好說。妳想問什麼？」

「我說，我全都說！」

洗手間內，「孫倩」一個猛衝撲進門，又反手把門鎖上，這才深深吸了口氣。

撲到洗手檯前，看著鏡子裡屬於這個身體的臉，「孫倩」嘴一癟，哭了出來：「我怎麼這麼倒楣啊！」

郭果覺得自己真是太可憐了。

突如其來穿成了電影裡的學生不說，室友也全都消失不見，她不得不硬著頭皮走劇情，生怕什麼時候掉進坑裡。

結果，就在她謹小慎微、逢場作戲、努力不OOC半天之後，她不小心撞破了一個祕密，一個屬於配角「錢志」的祕密。

只撞破就算了，壞就壞在，錢志也發現了這件事。

郭果本想糊弄過去，誰承想下一秒，錢志忽然從一個正常男高中生變得凶神惡煞，提起刀追殺她！

郭果大驚失色：「我不就是發現你把王鵬的情書檢舉給老師了嗎！有必要殺人嗎！」

失去理智的錢志變得根本不像人：「只要妳還活著，就可能把祕密說出去，我必須殺了妳，這樣再也不會有人知道了，嘿嘿。」

錢志笑得十分神經質：「我還嫁禍給了趙明濤，所有人都以為是趙明濤做的。」

郭果十分崩潰：「怎麼，你還很驕傲是嗎？我誇你厲害可以嗎？」

錢志依舊自言自語：「如果被發現了，王鵬和趙明濤都會來殺了我，所以我要殺了妳，砍斷妳的腿，這樣妳就不會去告密了……」

「操你媽！操你媽聽到了嗎！」

郭果一邊飆淚一邊勉強甩開錢志的追殺，情急之下衝進洗手間。

「沒關係，他進不來的，郭果，沒關係，妳要冷靜……」

掬捧水潑臉讓自己冷靜，郭果開始瘋狂思考對策。

陰陽眼在這時沒什麼用，考試前出於求生欲，她買的大多是道具類防護罩，隨著穿進電影兩手空空，現在身上只有一個一次性護盾。

「三年一班死亡錄……」郭果怔怔念了遍電影名字，又想哭了。她現在總算知道為什麼三年一班死這麼多人，一個個都是潛在殺人犯，你們不死誰死啊！

抹把眼淚，郭果捧起胸前水滴吊墜，準備為自己測個吉凶。

『卜卦：只有通靈體質者才能觸發，每日限三次，已使用0／3。』

剛卜算完，聽到外面沒什麼動靜了，郭果鬆一口氣，抬手看卜算結果：『大凶，你的性命危在旦夕，請保持警惕！』

郭果：！

一滴紅色液體忽然掉落在手上，她抬起頭，空間頂部不知何時蔓延開斑駁血跡。伴隨牆皮脫落，血跡勾連出一道巨大的，猙獰的猩紅笑臉。

笑臉越來越清晰，也越來越眼熟，直到郭果陡然意識到：這不是李小雨嗎！

──那個身上陰氣森森，看一眼就嚇得她毛骨悚然的偷窺狂！

「砰、砰、砰──」

內側的隔間和外側廁所門同時響起撞擊聲，只不過裡面像是用身體在撞，而外面的……像是用砍刀在磨。

「啊！」

崩潰尖叫，郭果拔腿就跑，衝到窗邊試圖開窗從二樓跳下去，然而窗戶彷彿被焊死般怎麼都打不開。

錢志的怪笑聲傳進來，廁所門不堪重負吱呀晃動，撐不了多久。

總不能站著等死，郭果哭著抄起旁邊的拖把，醞釀了半分鐘決心，然後在廁所門被撞開的一瞬間，拔腿埋頭向外猛衝！

砍刀從頭頂堪堪擦過，恰好被拖把桿擋住，郭果也因為沒控制住平衡差點撞走廊牆上，然後連忙轉彎，卻又見到一個巨大拳頭撲面而來——

完了，我命休矣。

她絕望地想。

然而下一秒，面前拳頭一轉彎，直接擂到錢志下半身，男生的四條腿同時一緊，五官扭曲地發出痛呼。

「走！」來者收手，抓起郭果的手就跑，飛奔了整整兩層樓才停下。

郭果淚眼模糊，非常不敢置信地吸了吸鼻子：「馮、馮婉？不，不對，妳不是馮婉……」

「別哭啦！看妳哭成這德行就知道肯定是郭果。」鄭晚晴抽了兩張衛生紙塞她手裡。

「大小姐！」郭果嚎啕大哭：「妳終於找到我啦！」

走廊內，張遊抱臂站著，臉色緊板，十分頭疼。

站在她面前是兩個呼哧帶喘的男生，他們剛剛從一場打架中被迫分開，身上青一塊紫一塊，眼球向外凸著，眼裡通紅一片，明顯不是正常人的狀態。

如果不是身分被迫，張遊根本不想站在這裡，面對當前狀態下的兩人。

她直覺覺得危險。

「教務主任。」其中一個男生咬牙開口，「我打架是有原因的，趙明濤仿照我筆跡寫了一封假情書，還他媽跟班導師檢舉！」

另一個男生當即破口大罵：「王鵬你放屁！我才沒檢舉過，情書明明是你寫的！敢做不敢認，你個窩囊廢！」

罵了兩句，趙明濤也被怒火沖昏頭：「你倒是先來造謠我了。你天天私吞班費送禮給老師，還吃裡爬外坑我們被叫家長，我還沒說呢！」

「我X！」王鵬爆粗罵一句，兩人當場就要繼續撲上去繼續扭打，張遊連忙喝令兩人分開。

她用教務主任的眼睛觀察著兩人，模仿威嚴的語氣：「行了，這件事我會調查的，你們先回去等著，我會給出公平判斷，要是再打架兩個人一起叫家長！」

兩人沉默半晌，王鵬啐了一聲恨恨離開，只剩下趙明濤站在原地，神色莫辨不知道在想什麼。

「行了，你也回去吧。」

張遊不想繼續待在這裡，交待一聲就匆匆轉身，腿還沒邁開，後心忽然一涼。

腳步凝固，她睜大雙眼。

轉過頭，趙明濤猙獰的臉映入眼簾。

「老師，我才想起，王鵬也送禮給你了，你該不會偏向他吧？」

然後他拔出手裡的刀，朝著張遊狠狠捅了下去！

* * *

回到教室內，唐心訣走到屬於李小雨的座位前。

剛剛在洗手間裡，她從孫倩的嘴中盤問出了所有資訊。本想再把兩人綁在身邊，可惜被副本強行換場，只能獨自回來。

但至少到此為止，電影的人物關係終於慢慢清晰。

所謂王鵬送情書一事，檢舉者其實是錢志，而錢志的目的不僅僅是陷害王鵬，還反手假裝是自己「好兄弟」趙明濤檢舉，一口氣扯兩人下水。

擅長搜集八卦的孫倩無意間發現這點，但她並沒說出真相，而是坐視王鵬被班導師懲戒，順便趁機傳播詆毀馮婉的言論。

馮婉只顧著高興，根本沒想這麼多，不過她也搞了事——認為李小雨暗戀王鵬，所以跑到李小雨面前炫耀，所以李小雨才在她化妝鏡上刻了密密麻麻的詛咒。

至於王鵬和趙明濤，大概正在約架互毆。

這是在短短兩天內所發生的事。

而即便是這兩天內沒有任何交集的角色，彼此之間也並不和平。

總而言之，這六名學生裡，竟然能做到任意抽兩個人出來都有齟齬，矛盾 Buff 疊得堪比殺人書。

孫倩和馮婉、塑膠閨密、霸淩專家，成鬼之後反目成仇。

錢志與趙明濤，塑膠兄弟，心眼比針細脾氣比天大，前科數不勝數。

王鵬，所有人都不喜歡的班長。

李小雨，憎恨所有人的反社會邊緣角色。

這種配置，說是全員惡人也不為過。簡直讓人懷疑這個電影世界是不是根本沒有思想品德教育的概念。

唐心訣在李小雨座位前落坐，抽出被埋在書桌最深處的密碼本。

上次她沒有直接破壞密碼本，是顧忌有觸發死亡條件的可能。但現在來看，這部電影副本中的裡世界，不足以對她造成巨大威脅。

甚至在危險足以克服的情況下，裡世界反而是寢室四人得以短暫接觸的橋樑。

手上用力，唐心訣毫不猶豫掰斷了本子上的密碼鎖。

塑膠斷裂的輕響，空氣中彷彿有什麼被隨之打破，惡意和若隱若現的嘶嚎在耳畔一閃而過，涼意從後頸飛快漫上！

唐心訣沒回頭，她向前一步，手肘後揮，用攥在手中的密碼本擋住了攻擊。

密碼本不出意料向下一沉，似乎被什麼東西抓住，借著對方的力道轉身，唐心訣踮起一把椅子踹過去。

椅子滾落地面，沒對空中的人影產生任何影響，彷彿只是穿過一道空氣。

李小雨就這麼站在空氣中，脖子微微前伸，直直盯著唐心訣，五官怪異地咧開，似乎想扯起一抹笑。

但隨著她臉上肌肉調動，焦黑的皮膚也像牆漆般一層層簌簌掉落，還發出「滋滋」的燒灼聲。

和其他學生鬼怪一樣，李小雨似乎感受不到痛苦，又或者不以為意——她依舊用力扯開了肌肉，沒發出任何聲音，與唐心訣的視線對視，無聲大笑。

然後她的身影在空氣裡如同螢幕殘影般晃了晃，再次消失在空氣裡。

頭頂燈管閃動，教室已經變得斑駁陳舊且空無一人，血腥和燒灼味從四面八方湧上來。

隨著李小雨鬼影出現，裡世界被再次觸發了。

唐心訣翻開筆記本，被李小雨握住的地方留下一個漆黑手印，燒焦了紙張和字跡。

剩餘的字跡拼湊起來，依然能看出一些資訊。

『9月5日，仿寫的情書被發現了，跟蹤半個月後，我的字跡果然和王鵬一模一樣。但沒有一個人拆開，錢志把它交給班導師……他應該~~去死~~和趙明濤一起死。』

『但我不想處理班導師的屍體，讓它在辦公室腐爛吧。』

『錯過了班級飲水機換水，藥片剩下好多，暫時放在瓶子裡。』

『24小時……還剩24小時……』

『情書上的藥粉好像被我吸進一點，皮膚開始起水泡、變黑，我要提前，一切都要提前……就從孫倩開始吧！』

『死，所有人都要死！』

最後幾個字不像是用筆寫上，反而像是鮮血從紙內滲出，構成一行鮮紅的字跡。

唐心訣仔細看完上方的資訊，剛要放下筆記本，忽然見到上面又浮現兩行字：

『見我所見、想我所想……你想知道全部真相嗎？』

『從悲慘中拯救我、從仇恨中解放我……想知道怎麼才能救我們離開地獄嗎？』

唐心訣：「不想，謝謝。」

筆記本：「……」

「這是你們的人生。」唐心訣面無表情地溫聲細語：「我沒有普渡眾生的愛好。」

她的任務是通關、生存，僅此而已。

手上沾了無數血債的鬼怪，上一段還在獵殺學生，下一段就讓人超渡拯救，想把人耍得團團轉，也要看考生配不配合。

筆記本還不死心：『妳不想變強嗎？不想得到額外獎勵嗎？不想接觸到……這個世界更多的秘密嗎？』

唐心訣定定看它兩秒，笑了：「如果有額外獎勵，是來自這部電影，還是來自妳呢？李小雨？」

不等筆記本再回應，她「啪」地將其合上，順便取了兩支李小雨的筆，抽身出了班級。

從和鄭晚晴的相遇來看，理論上，只要兩個人同時觸發裡世界，就能看見彼此。那麼如果張遊或郭果此時進入裡世界，她們就可以相遇。

「啪、啪——」

剛走出門口，唐心訣忽地抬眸轉頭——似乎有人在敲班級玻璃窗，但窗外空無一物。

搜索完整個走廊，除了幾隻無意識攻擊的鬼怪外並無室友，唐心訣決定上樓。剛到樓梯轉角，又聽到了窗戶敲擊聲。

「啪、啪——」

樓梯間的窗戶外只有茫茫白霧，不大可能有東西在外面敲窗戶。那就只能是內側發出的敲擊聲。

這次，唐心訣停下腳步，上前查看。

窗邊沒有半點痕跡，敲擊聲幾乎是憑空出現又憑空消失。

思及至此，她沒有再走，而是原地等待。

如果這聲音是為了提醒她什麼，那它肯定會再次出現。

果然，沒過多久，啪啪聲出現在上方，不只來自上層的樓梯口，而是從樓梯口房間內發出來的。

沒有猶豫，唐心訣沿聲音而上，發現這道門被從內部鎖上了。

門頂的小窗戶似乎被某種看不見的東西輕輕敲了兩下。

唐心訣皺起眉，是誰在提醒她？這個聲音想讓她幹什麼？

現在沒時間想那麼多，房間內有輕微的聲響和熟悉的氣息，唐心訣心中有了猜測，敲了敲門：「我是唐心訣。」

門內沒有聲音。等了兩秒，唐心訣再次開口：「郭果最喜歡看的書是《傳承萬人迷通靈師後我有了七個大佬哥哥》、《出馬後我被妖王纏上了》、《陰差和鬼王不得不說……》。」

開鎖聲簌簌響起，然後門被用力打開，兩個五官陌生卻神情熟悉的臉出現在面前。

郭果嗚咽：「訣神！這個是真的！」

鄭晚晴也在，她身上沾了不少血跡，不知道是自己的血還是鬼怪的血，但是精神氣很足：「妳不知道，剛剛有個教務主任鬼，竟然還能模仿別人聲音，差點把我們騙過去了！」

「模仿活人是很多鬼怪的必備技能，換成我們的學校制度，這算是它們的必修課。」唐心訣還有心情開句玩笑，她拿出筆記本，「這上面記載了李小雨的視角，再加上妳們兩人的，已經齊了一半。」

如果張遊在這裡，再加上一個人的視角，差不多就能完整了。說到張遊，鄭和郭同時搖頭，她們從進入裡世界開始就一邊逃一邊找，到現在也沒發現張遊的蹤影。

「可能張遊太謹慎了，所以沒觸發過裡世界。」郭果猜測。

唐心訣眉心緊鎖沒說話。不知為何，她心頭總有股不太好的預感。但現在時間緊迫，幾人沒時間討論太多，立即開始對照總結劇情。

「原來情書是李小雨仿寫的？」

鄭郭兩人均十分震驚。鄭晚晴更是恍然大悟，「怪不得王鵬來找我時那麼憤怒，一副要報仇雪恨的樣子。」

郭果哭喪著臉：「原來都是李小雨幹的！我差點因為這件事被錢志砍死，啊不，是孫倩差點被錢志砍死。」

唐心訣提醒：「按照電影世界裡的正常發展，孫倩很可能確實是被錢志砍死的。」她們成為人物角色後，可以憑藉強化的身體素質和能力道具逃脫，原本的人物卻不行。

鄭晚晴神色嚴肅地點頭：「沒錯，我覺得馮婉不可能逃得過去。」

她伸出手臂，上面被衛生紙一層層纏住，隱隱能看到滲出的血，「這是在電影正常世界裡，被發瘋的王鵬砍的。」

王鵬似乎和趙明濤打了架，回來後依舊氣不過，覺得是馮婉和趙明濤一起設計陷害他，於是過來找「馮婉」算帳。打鬥間，鄭晚晴不小心踹翻了李小雨的座位，才導致再次進入裡世界。

唐心訣在紙上寫下六個名字，然後在孫倩和馮婉的名字上畫了叉。

「劇情到這裡時，暫時已經死了兩個人。」

郭果打了個冷顫：「這班級班風太血腥了，不知道總共死了幾個……」

唐心訣不假思索：「我傾向於所有人都死了。」

郭果：！

只聽唐心訣繼續說：「電影的最後一幕，班級內所有人都變成了流血淚的鬼。哪怕是夢境，應該不會平白無故出現。」

再結合李小雨的筆記本，殺意滿滿的那句「所有人都要死」，整個班級全員團滅並不意外。

「如果是這樣，」鄭晚晴努力思考後問，「那豈不是所有人都要死，只不過是先後順序的差別。電影的夢又是誰做的？」

難道是鬼在做夢？

唐心訣和瑟瑟發抖的郭果對視一眼，「那就要看誰最後死了。」

就在這時，輕輕敲擊聲又在門口響起，不同於鬼怪的凶狠詭異，這個聲音一閃即沒，像是在引人過去。

——三人團聚，也是被這聲音引來的。

幾人互相交換目光，唐心訣決定：「我們跟這個聲音去看看。」

小心翼翼躲開走廊裡的鬼怪和ＮＰＣ，幾人一路沿著進了洗手間，聲音在洗手檯上停下。

「啪——」

洗手檯上方的鏡面被敲響，幾人視線被引過去，而後驀然在鏡內看到一個熟悉的身影——

「張遊！」郭果失聲脫口。

——準確的說，是腹部沾滿血跡，臉色蒼白的張遊。

三人撲到鏡子前，鄭晚晴急忙開口問：「張遊，妳怎麼會在鏡子裡？還有這麼多血，發生什麼了？」

張遊在鏡子裡朝三人露出無奈的笑，指了指自己腹部的傷口，比劃口型：「我已經死了。」

張遊，死了？

這事實擺在眼前，鏡子前的人難以接受。

郭果愣了兩秒，眼淚洶湧而出：「嗚嗚嗚誰殺了妳！我們要去報仇！」

唐心訣拉住兩個激動的室友，讓她們安靜下來，仔細看張遊說話。

張遊搖搖頭，用口型說出死因：「趙明濤。」

連比劃帶口型下，幾人明白了原委：張遊成為了教務主任視角，阻止了趙明濤和王鵬打架後，被趙明濤幾刀捅死了。

其實以張遊被強化過的身體素質，未必打不過狂化的趙明濤，只是沒想到對方會突然背後偷襲，連反抗都沒來得及就被直接送走。

張遊也很鬱悶，但總體還算平靜，她指了指自己，又指了指鏡子，然後指向唐心訣。

唐心訣了然：「敲擊聲是妳發出的，是妳把我引到了這裡。」

張遊點頭。

原來，在電影的「現實」中被其他學生殺死，並不會澈底死去，而是以「鬼魂」的狀態繼續存在，還可以穿梭進裡世界。

只不過她沒有了實體，無法正常和唐心訣幾人交流，只能透過發出敲擊聲吸引注意力，借助鏡子才能出現。

張遊又指了指外面和李小雨的筆記本，費力比劃出一個意思：她知道的劇情更多。

唐心訣眸光微動：「從鬼魂的視角，能看到更多人物的行動軌跡，不受視角限制？」

張遊用力點頭。

僅靠張遊現在的狀態，描述劇情太過困難。唐心訣直接蘸取混合血液的水，在洗手檯的鏡子上寫下了六個名字，問張遊：「能畫出他們的死亡順序嗎？」

張遊舉起手，先把孫倩和馮婉抹去，搖搖頭，她並不知道這兩人死亡的劇情，但也贊同唐心訣三人的猜測。

再然後，她手指在鏡面上連成一線，同時劃掉了錢志與王鵬。

兩人在鬥毆中殺死了彼此。

最後，鏡面上只剩下兩個名字：李小雨和趙明濤。

一條弧線從後者指向前者，加上追逐的痕跡。

趙明濤就是殺死教務主任——張遊的人，從張遊的意思來看，他在殺了人之後，發現李小雨正在附近偷窺，於是提刀追上去想把李小雨也殺死。

唐心訣問：「然後呢？」

張遊張了張嘴，似乎不知道該怎麼描述。她忽然轉頭看向門外，焦急地皺起眉，用力敲鏡面。

鏡面外，血汙飛快褪去。

裡世界要消失了！

眼見時間來不及，唐心訣只能抓緊時間問最後一個問題：「妳知道電影內容是誰做的夢嗎？」

張遊搖了搖頭。

她用最後的時間，發出一句無聲口型：小心李小雨。

裡世界再次消失，與之伴隨的是短暫失重與抽離感。唐心訣穩定心神，發現她這次站在洗手間裡，手中握著被掰開的筆記本。

轉身向外走的瞬間，她動作忽然一滯。

……不對。

現在已經不是裡世界，分明是屬於電影夢境外的「現實」，但那股瀰漫在空氣中的燒焦味卻並未消失，反而越來越濃烈。

停頓兩秒，唐心訣閃動不止的眸光凝住……她忽然明白了。

明白了李小雨筆記本上那句咒殺誓言的意義，明白了三年一班為什麼會團滅，明白了李小雨鬼怪形象的來源。

——是灼燒。

下一剎，她毫不猶豫邁開腿，全速向三年一班的方向跑去！

如果她猜測的沒錯，李小雨和趙明濤最後的死亡方式應該相同——死於一場大火。

距離三年一班越來越近，刺鼻的燒焦味也越來越濃烈，在掛著「三年一班」牌子的教室門口，唐心訣驟然停下腳步。

教室內只剩下黑色灰燼。

所有桌椅設施都已付之一炬，幾十個焦黑的身軀以痛苦奇詭的姿勢倒在房間內，分不出誰是誰。

李小雨無聲的笑臉彷彿在眼前浮現，耳邊有若隱若現的哀號和低吟，從四面八方重重疊疊壓下來。

唐心訣沒有開啟感知關閉，而是放任思緒瘋狂思考。她知道已經來不及了。按照電影正片中的套路，現在應該已經臨近……

『叮！電影觀看進度已經到達百分之百，重播結束。現在開始觀影問答測試！』

果然。

她沒忘記，電影的「重播」時間裡，所有現實和裡世界的危險，都只是提高她們「觀影」的難度。最終通關與否的關鍵依然在於這道測試題。

如果這次還是答錯，最好的可能性，她們將再一次進入電影重播。

但是最壞的可能性……

想到已經處於鬼魂狀態的張遊，唐心訣神情越來越冰冷凝沉。

『請問，這部電影講述的是誰的夢境？』

『A、趙明濤。』

『B、錢志。』

『C、孫倩。』

『D、李小雨。』

題目在空氣中浮現，倒數計時只有六十秒。

四周沒有任何人，唐心訣不知道室友此時是否也面對著這道選擇題。她快速開口：

「如果有人選錯有人選對，如何判定結果？」

規則很快給出答案：『問答測試以寢室為單位，選擇權由寢室成員選擇一名個體進行，結果也只受該成員選擇影響。』

即代表，在電影測試面前，其他人把選擇權交給了唐心訣。

她的選擇，就是這場電影的最終結果。

女孩神色微鬆，倒數計時的數字在她眼中飛速下墜，昭示著時間的急迫。

「選A。」

唐心訣最終開口。

『是否確定你的選擇？』

「確定。」唐心訣再次重複，聲音清晰且堅定，「這是趙明濤的夢境。」

做夢者需要同時符合兩個條件：一、不在劇情中過早死亡，否則無法知曉全班團滅。二、潛意識中認為王鵬喜歡馮婉，不清楚情書的真相。

而這兩點，同時滿足的人只有趙明濤。

令趙明濤符合做夢者身分的還有最後一點：他也對馮婉有好感。這點不僅被錢志利用栽贓，也體現在電影中，明明和馮婉是情侶關係的男生名字叫「王鵬」，展現的卻是趙明濤的臉。

「在現實的最後，趙明濤追殺李小雨，一路追殺回了班級。」

唐心訣語氣平靜，如同陳述般將推測補全。

「但回到班級後，趙明濤卻看見了被王鵬殺死在班級內的馮婉。而這時，恰好是上課時間，所有學生蜂擁回到教室，並不清楚發生了什麼。」

「只有李小雨，在這一刻關上教室的門，點燃了準備好的易燃物，在教室裡放了大火，燒死了所有人。」

「在被火焰燒死之前，趙明濤意識模糊地做了這個夢，而後與夢境一同灰飛煙滅。」

說完最後一句，唐心訣抬眸：「這就是電影的真正內容。」

『答案已提交，正在檢測……』

『恭喜你，回答正確！』

『現在考生可以繼續下一環節：現場鑑賞。請考生在六十分鐘內寫出關於該電影的觀後心得，字數不少於八百字。』

提示聲落下，唐心訣身邊頓時多了三個人影。

郭果、鄭晚晴，甚至已經「死亡」的張遊，都完好無損出現在這裡。

室友面面相覷，還沒等露出驚喜之色，教室前後兩道門忽然關閉，叢叢火焰在四人面前燃起！

『現場觀後心得倒數計時：六十分鐘。』

幾人：「……靠。」

原來現場觀後心得，就是字面意義上的「現場」。

她們要在火災殺人現場寫觀後心得！

血液從教室門滲入，一個慘白的女生順著天花板爬下來，是鬼怪形態的馮婉。緊跟在她身後，錢志、孫倩、王鵬、趙明濤依序出現，咯咯笑著圍觀眾人。

「……」

還是場外監考直播？

從短暫的腦袋空白中回神，郭果幾人忽然發現，唐心訣已經迅速打開李小雨的筆記本，開始在上面刷刷寫了起來。

能在這種情況下面不改色寫觀後心得，除了肅然起敬別無言表。

「訣神！」

郭果感動地喊了一聲，撐著險些被嚇軟的腿，奔到唐心訣旁邊看她寫的觀後心得內容。

只見紙上，赫然列著一行標題：論教室內常備滅火器材與逃生器械的重要性——觀《三年一班死亡錄》有感。

第四章　觀影心得

火焰在教室內蔓延，原本已經乾枯焦黑的幾十具屍體，彷彿再次「活」了回來，在火焰中掙扎哀號。

如若地獄的場面，本應令人毛骨悚然。

但剛剛看完唐心訣奮筆疾書的觀後心得標題，再看向面前的景象時，浮現在張遊三人心中的第一想法竟是：這個論點，竟然很有道理？

如果教室內有充足的滅火器材和逃生工具，又或者有警報器第一時間自動滅火，或許全班團滅的悲劇就不會發生了。

當然，如果現實真的按這樣走，電影可以直接從恐怖片轉移到安全法制頻道，在墮落暴力的劇情結尾，蘊含著一絲令人靈魂一震的正能量。

眾鬼：「……」

看到唐心訣寫的內容後，它們本就扭曲的五官變得更加扭曲，甚至連場外干擾都忘記了動作。

鬼怪來這裡當然不是僅僅為了圍觀……只要考生從劇情的任何一個角度下手寫觀後心得，都會被它們找理由施加精神汙染，能不能在San值狂掉下堅持寫完觀後心得，就要看考生的本事了。

但現在，就連已經懸在幾人頭頂的馮婉，嘴唇翕動兩下，都沒想好怎麼開口。

被活活燒死的趙明濤默默收回手，手臂上簌簌掉下一堆黑渣。

……不對啊，明明慘死變成厲鬼的是它們，怎麼反而搞的像它們理虧一樣？

詭異的僵持中，教室內溫度不斷升高，即便火焰沒燒到幾個活人身上，皮膚的灼痛和乾裂感也愈發明顯。

「這樣下去，可能等不到倒數計時結束，我們全都被烤死在這了。」

張遊脫下衣服，把四人的衣服打結連在一起，擋在她們面前。

郭果剛剛眼睛一不小心被火燎到，現在淚流不止根本睜不開，但是躲遠了又沒安全感，只能躲在唐心訣旁邊提醒：「小心別讓衣服被火燒到！」

唐心訣正在奮筆疾書，但是八百字的要求不可能瞬間寫完，幾人只能硬撐下來，更別提旁邊還有虎視眈眈的鬼怪們，令人更加喘不上氣。

唰唰筆聲一停，唐心訣抹掉眼睫上的汗水，抬起頭：「這樣不行，紙上的字會被烤化。」

而且越來越稀薄的空氣與過度灼熱，也同樣會影響人的思考。

「嘻嘻，那就別寫了……」孫倩尖銳的笑聲頓時響起，她以大頭朝下的姿勢趴在牆上，伸長了脖子，鮮紅的嘴唇大大咧開：「永遠留在這，走向死亡，就永遠不會感受到痛苦，成為我們的同學吧！」

幾人：「……」

上輩子喪盡天良，這輩子才倒楣到和你們做同學吧！

唐心訣沉默兩秒，反而轉頭注視回去，目光落在這幾隻鬼怪身上。

然後她驀然開口：「你們不熱嗎？」

眾鬼：？

它們以一種妳終於被烤傻了的目光緩緩盯過來，卻又見女生點點頭，自言自語：「你們是鬼，冷氣在身上源久不散，當然不會感覺熱。」

廢話。

鬼怪不懂她在說什麼，卻見到在唐心訣說完之後，其他幾個室友也緩緩轉過頭來，目光古怪。

唐心訣斂衣起身，面向眾鬼又問道：「在我撰寫觀後心得的時間內，規則應該不允許你們直接攻擊我吧？」

馮婉扭動身體，嗤嗤冷笑：「我們沒有攻擊妳哦，只是……等等，妳幹嘛？」

眾目睽睽下，唐心訣三步併作兩步鑽進鬼怪堆裡，長舒一口氣：「的確很冷。」

然後她再次坐下，就著孫倩垂落的頭髮作為隔絕大火現場的屏障，開始繼續寫觀後心得，順便戳了戳旁邊的趙明濤：「你走遠點，擋光了。」

被直接當成工具的鬼：「……」

「啊！」

馮婉和趙明濤尖叫起來，失去理智地伸出手抓向唐心訣。

馬桶吸盤重重揮出，擋住四條慘白的手臂，唐心訣抬頭，笑意淺淡：「有沒有人和你們說過，你們很容易被激怒？」

鬼怪由怨恨憎惡而生，大多數本能大於理智，更別提這群鬼怪NPC剛剛「經歷」過自身的死亡現場，正是怨氣滔天的時候。

兩個鬼臉色一變，女鬼先一步及時收手，趙明濤卻速度太快沒來得及，只見馬桶吸盤忽然從唐心訣手中消失，趙明濤手裡的尖刀毫無阻礙地嵌入她手臂中，鮮血汩汩流出。

攻擊落實，判定成功。

規則懲罰還沒降下，一道金光先從唐心訣體內冒出，將趙明濤罩在其中。

淒厲的尖叫聲從金光中迸發，趙明濤的鬼魂形態以肉眼可見的速度飛快融化！

從身體、脖子、頭髮，再到臉，鬼怪劇烈掙扎著化為一團模糊的人影，慘叫聲比大火中的「同學」還要真實淒慘。

其他鬼魂紛紛本能後退，就在這時，教室環境再次發生變化，牆壁變為焦土，夢囈般的呢喃低語簌簌響起，木門輕輕晃動，燃燒的大火越發劇烈。

「學生」門臉色驟變，本來就蒼白的臉更加發青。它們畏懼地漂移分散，緊緊靠著牆，更加無人出手幫趙明濤。

尖叫聲漸漸消失，隨著金光變弱消散，「趙明濤」澈底化為虛影，在潰散的前一秒被馬桶吸盤扣住了腦袋。

唐心訣吐出一個字：「吃。」

一股吸力從橡膠頭內傳出，虛影被一點點吸入馬桶吸盤中，由快到慢直至澈底消失，馬桶吸盤才吐出幾根頭髮。

光華閃過，手柄上的骷髏標識由一變二。

『吞噬成功，已繼承屬性「尖叫」。』

唐心訣：「捂耳朵！」

下一刻，橡膠頭縮了縮，再猛地一抖，震耳欲聾的非人尖叫聲從橡膠頭裡噴薄而出，彷彿經過喇叭擴散，在教室內淒厲盤旋久久不散。

幸好郭果三人得到提醒，提前捂住了耳朵，饒是如此，也感覺腦袋被震得嗡嗡作響。

『鬼怪的尖叫：對一切生物的無差別聲波攻擊，附帶精神汙染效果。』

『鬼怪的利刃：鋒利度大大增加，可以和刀正面剛一剛。』

尖叫聲迸發之下，正對著馬桶吸盤的熊熊大火也被衝擊得向後一縮，而後閃爍幾下，詭異的平靜下來。

學生鬼怪們一動不動，彷彿恨不得當場消失。

繼續寫觀後心得的唐心訣再次停手，抬眼看向前方。

火焰中走出一個人影，焦裂的皮膚在火焰中飛快合攏如初，變成完好的短髮少女模樣。

正是一直沒出現的李小雨。

沒管其他人，李小雨直直向唐心訣走過來，臉上掛著十分燦爛的笑容，與電影中畏縮陰鬱的模樣截然相反。

「我的筆記本好用嗎？」她輕快地問。

只看了一眼，唐心訣就繼續低頭寫字，「還可以。」

李小雨走過來，親暱地靠在她身邊坐下，望著筆記本的眼睛裡充滿好奇，不像凶殘充滿惡意的鬼怪，倒像是兩個普通人。

看了一下，她問：「先進的自動警報器是什麼樣的？」

唐心訣言簡意賅：「報警、噴水、開門。」

李小雨：「那如果我把教室斷電，警報器還有用嗎？」

唐心訣：「內置鋰電池。」

「哦——」李小雨拖出長長尾音，笑嘻嘻問：「那如果我提前破壞了警報器呢？」

唐心訣頭也不抬：「特殊情況不計入普遍情況內考慮，八百字的內容容納不下這麼多。如果妳想額外討論，可以寫一篇觀後心得後記和我一起交上去。」

說完，她還貼心地撕了一頁紙：「要嗎？」

李小雨：「……」

李小雨終於不說話了，她靜靜靠坐在牆邊，手輕輕一揮，其他學生鬼怪立刻如蒙大赦般鑽入大火。

「真可惜呀，如果我還是人的時候，認識妳就好了。」李小雨輕輕開口：「我們一定很適合做同學，妳不覺得嗎？」

見唐心訣不回應，她又嘻嘻笑起來，靠近低聲說：「妳很適合我們的世界……不覺得嗎？」

「人類世界有什麼好的？古板、無趣，只有一套死板的規則來評價所有。妳的付出不會得到相應回報，哪怕再努力……在其他人眼中，也只是一個精神有問題的瘋子而已，不是嗎？」

說到最後幾個字，聲音冷得彷彿淬了層冰渣，令人脊骨生寒。

唐心訣終於停下筆，轉頭，無波無瀾的目光與近在咫尺的鬼怪交匯，聲音也很輕：

「你們的世界，我曾見過無數次。」

同樣的低語、洗腦、威逼利誘，讓她放棄現實墜入黑暗，也聽了無數次。

「但每天睜眼之後，我都只想說一句話。」她朝李小雨點點頭，唇角揚起弧度：「關你屁事。」

她想做什麼，想過什麼樣的人生，輪不到別人來置喙。

同樣的，別人的人生，無論是墮落還是成為鬼怪——「關我屁事。」

當然，如果傷害到她的朋友、親人，那就關她的事了——這一點，趙明濤在馬桶吸盤上留下的的印記表示有話要說。

在對方冰冷的目光中，唐心訣收筆起身，舉起筆記本：「觀後心得，我寫完了。」

八百字，一字不差。

『叮咚，觀後心得已提交，正在評測中……』

火焰中的鬼影停止尖叫掙扎，同時做出「轉頭」動作，一動不動看向眾人。

『考生觀後心得，將由三年一班全體成員進行打分！』

「靠！」

提示聲入耳的瞬間，連張遊都忍不住罵了一句。

每次在她們以為終於能通關的時候，考試總是會彈出新的騷操作，一次又一次考驗人的心理防線。

寫完觀後心得還要打分就算了，讓「三年一班全體同學」來為觀後心得打分是什麼操作？

這個班級全體同學，不就是包括了王鵬、馮婉等角色在內，囊括了電影死亡名單的鬼嗎！

想起被裡世界鬼怪各種追殺，還有和幾個主角鬼結下的梁子……一股不詳預感湧上人的心頭。

張遊轉念一想，安慰道：「應該沒什麼大關係……我記得考試通關要求中只說，需要完成至少四篇觀後心得，但沒說觀後心得一定要達到多少分呀！」

唐心訣也點頭肯定，給室友加了一針定心劑：「沒錯，按照考試規則，從我寫完觀後心得時起，這部電影的考核已經結束了。」

接下來的部分，應該只算是附加流程。所以分數無論高低，都不影響通關結果。

緊張的氣氛這才緩和下來。沒過多少秒，在四人討論的話音剛落時，提示聲隨之響起：

『觀後心得評分已完成！您本篇觀後心得的最終得分是：65分（百分制）。』

「哇！」郭果頗感意外。

不只是她，這個分數比所有人預計的都要高——至少以百分為滿分來看，甚至還及格了。

以鬼怪對考生的惡意，能給出及格分，已經是多麼感天動地的事情。

張遊猜測：「也許是心訣弄死了趙明濤，又或是我們讓其他主要角色吃了虧？」

畢竟對於其他死亡的學生來說，這幾個主要角色多多少少算是罪魁禍首。幾乎直接導致了三年一班的全滅。

甚至也有可能是這群「學生」真的贊同唐心訣觀後心得的觀點，或者隨便給了分數等等。

總之分數既出，原因無從探究。

考試規則同樣認為這個分數不低：『恭喜考生，獲得「及格」評價，成為該電影考試測試中首位及格者！可獲得獎勵……』

光芒自空中閃過，獎品還未出現，卻忽然隨著提示聲一起停在原地。

光芒下方，李小雨笑嘻嘻放下手，歪頭看眾人：「這個獎品，暫時沒收了哦。」

張遊：「為什麼？」

鄭晚晴：「憑什麼？」

郭果握住吊墜，吞咽口水。

唐心訣直視著笑容虛假的李小雨，神色看不出情緒。

看到幾人反應，李小雨笑容咧得更大，笑得前仰後合，半天才停下，窄而長得眼睛瞇成一條線：「因為不想給妳們，所以就沒收了呀。」

郭果：「這可是考試規則給我們的獎勵……妳、妳想違背規則？」

「所以呢，妳們想怎麼辦？」李小雨眨了眨眼，拉長了重音：「打算——去檢舉嗎？」

掀起睫羽，唐心訣冷冷看著對方。

其他人一時啞然，空氣陷入寂靜。

她們向遊戲檢舉，分明是上一場考試的事情，李小雨是怎麼知道的？

李小雨臉上出現滿意之色，她似乎很享受看別人的驚疑和忌憚。只可惜這種表情幾乎沒在唐心訣臉上出現過，她只是平靜地站在那裡，身子比李小雨還要瘦小，卻筆挺放鬆。

看了李小雨兩秒，唐心訣毫不猶豫對空中開口：「我們已經完成電影考試，現在想回歸現實。」

收到請求，停滯的規則再次運轉：『已接收考生訊號……正在連接……載出中……』

抽離感湧上，李小雨誇張的笑聲進入眾人耳中：「妳們以為自己真的贏了嗎？」

「依靠著考試規則壓縮難度，躲過了實力被刻意壓制到幾乎和妳們一樣弱小的敵人，在毫無挑戰性的C級副本生存下來，就覺得自己取得了真正的勝利？」

「繼續成長吧，在詭譎橫生之地，惡意彙聚之處，當妳們有了足夠實力，不得不面對的時候，我們在那裡等妳……」

畫面和景象開始抽離，混沌中，李小雨哼唱起歌來。

「我們都一樣，大家都相同，歡迎來到我們身邊，瞭解我們所做的一切——我們就是，和諧友愛的三年一班……」

這次，意識回籠第一時間，幾人迅速動作。

唐心訣眼疾手快關掉要自動連續播放的影片，張遊檢查身體是否完好，鄭晚晴衝回座位喝水，郭果奔到洗手間嘔吐。

『精神受損：健康值-30。』

『負面Buff：你的健康值將在一段時間內持續減少。』

幾人全部多了這條負面Buff，其中郭果的最嚴重，唐心訣的最輕。然而血條也都掉到了黃線內。

「好在電影副本內受到的身體傷害，並不會在通關後繼續保持。」

確認自己身體無虞後，張遊重重鬆了口氣。在副本裡被殺死實在令人有心理陰影。

唐心訣查看著剩下的電影，點頭道：「這應該就是C級副本的簡單之處。」

如果是B級甚至A級副本，在電影劇情裡死亡，就未必能簡單復活了。

休整片刻，幾人吃了點東西恢復精力，總結第一部電影的經驗。

好在這次考試沒有時限要求，她們有足夠的休息時間，不用急著看下一部。

「首先，電影問答難度很高，在影片中幾乎找不到任何線索。」

唐心訣記下第一條。

這一步驟，她們只能靠猜測，有幾分之一的機率能一發入魂，一旦運氣不好，就要被迫「觀看重播」。

「可惜我的吊墜對選項不起作用。」郭果苦惱地揪頭髮。

「重播這一步驟，從第一部電影來看，很可能是讓我們進入電影世界內，以角色的視角觀察劇情。並隨著劇情結束，問答會立即再次開啟。」

唐心訣畫了一個加粗的紅色驚嘆號：「這一環節，我們必須答對。」

這是能保證全員無傷亡，通關可能性最高的底線。

另外，在電影重播的過程中，必然會伴隨著各種阻礙和危險，尤其當四人被分散開的情況下，只能依靠個體的力量見招拆招。

「最後一道流程是觀後心得。只要成功完成觀後心得，即可安全結束副本。」

總結完畢後，唐心訣說：「最後這部分可以交給我和張遊負責。」

她能保證在危險情況下穩定執筆，而張遊可以補充一些方向。

當她因不可抗因素無法進行問答選擇時，選擇權將順移給張遊。

鄭晚晴舉手提問：「那如果張遊也無法選擇，我和郭果誰來回答？」

郭果：「大小姐，如果到了那個時候，我們就不要這樣為難彼此了，直接躺平等死不好嗎。」

在兩人因選擇權順位吵起來之前，張遊及時一人一塊餅乾堵住嘴，轉過頭來，唐心訣已經打開了電腦。

「現在是晚上六點，我們的精力還能完成一部電影。」

伴隨著滑鼠的移動，四人表情也嚴肅起來。

該選擇哪部呢？

鄭晚晴忽然開口：「按照我以前看恐怖片的經驗，同一個系列，第二部往往比第一部更難。」

因為第一部的元素和套路觀眾已經看過，所以導演會升級難度，甚至魔改。

「大小姐說的有道理。」郭果狂點頭：「而且第一部和第二部很可能資訊是互通的，如果知道其中一部劇情，再看第二部可能會簡單一些。」

商量之後，幾人意見統一：選擇一個系列的第一部來看。

這樣一來，她們的選擇範圍就鎖定在兩部電影中：是《無頭怪談1》，還是《山村惡靈1》？

第五章　無頭怪談

為了更好地鑑別判斷，四人把《無頭怪談》和《山村惡靈》兩個系列的四部電影都分別播放了一段。

為防猝不及防看到結尾，每個影片最多只看十分鐘，就會被迅速關掉。

四十分鐘過後，她們大致瞭解了這幾部電影都講了什麼。

《山村惡靈1》前十分鐘的內容，是一個老太太坐在茅屋前切肉，切完肉剁餡攪拌，旁邊放著一遝麵團和模具，似乎要做肉包，全程無聲地重複這一過程。

當跳轉到《山村惡靈2》，開頭竟依然是一模一樣的場景和同樣的老太太，依舊在剁餡做包子。只不過仔細看能發現，這時的老太太頭髮似乎禿了一小部分，被彷彿燒灼過的焦痕傷疤取代，手上也少了兩根手指。

「如果這個老奶奶是惡鬼，第二部同樣開局，身上又受了傷，按照恐怖片定律，她肯定變得更強了。」

郭果篤定地小聲講。

鄭晚晴：「誰總結的定律？」

郭果：「……我自己總結的。」

張遊也贊同：「這部電影的名字叫《山村惡靈》，如果這個老奶奶就是惡靈，那證明它第一部沒被消滅，在第二部裡更加危險。」

當然，這只是她們暫時的猜測，畢竟有前車之鑑，電影這幾十分鐘裡的資訊很可能只是冰山一角，甚至會故意誤導人，實際真相南轅北轍。

接下來是《無頭怪談》系列，第一部的開局和唐心訣郭果兩人最初所見一樣，就是一具無頭屍體突然「復活」，一邊找頭一邊恐嚇幾個青年學生的故事。

鬼下牆的部分的確有些嚇人，但毫無進展的場景持續了十分鐘，很快就令人感覺索然無味。

直到《無頭怪談2》開始播放，唐心訣才眼睛一亮。

這次螢幕中的場景，是一間四人女生寢室。

畫面移動到靠近門口的書桌前，四個約二十歲左右的女生正圍坐在一起，在一張顏色晦暗的黃紙上寫字。

「我們把自己名字寫在紙上就行了嗎？」一個染了紅髮的女生有些猶豫。

「金雯妳別廢話，不想玩就走開。」

身邊女生不耐煩地推她一把，自顧自把名字寫了上去。

約八開的黃紙上，很快多出三個黑色的人名，字跡在紙面上一點點乾涸。

紅髮女生金雯看著黃紙，臉上閃過猶豫之色，「我好像也不是特別想找男朋友，姻緣差點就差點吧……」

「這可不只能提升姻緣。」一旁剛剛嗆完她，又在紙上寫下「魏仙」兩字的女生立刻反駁金雯，「我師父說了，從姻緣到財運，還可以保障家人身體健康，財源廣進。甚至還能讓妳討厭的人倒楣。」

「只要在四個角寫上我們的名字，然後心中默念祈禱想要的東西，再把頭髮和紅土放在中間，把紙包起來懸掛在寢室門口，最多不超過一個月，就會有奇效。」

聽完魏仙篤定的發言，另外兩名女生也勸：「妳快點寫吧，這個要四個人都寫，效果才能最大化。」

一個女生主動調節氣氛，安慰金雯：「再說了，就算沒用，我們也不虧，就寫幾個字而已。到時候摘下來不就行了。妳去寺廟裡求一個平安符還要花錢呢。」

聽完勸說，金雯神情也鬆動了，咬咬牙在黃紙上寫下名字。

「別寫啊！」

電影畫面外，郭果看得入神，忍不住哀呼一聲，為主角的作死行為嗟嘆。

鄭晚晴幽幽道：「郭果，妳還為別人嘆氣，這不就是以前天天沉迷靈異的妳嗎？」

郭果：「……」

鄭晚晴繼續補刀：「要是換成進遊戲以前，妳肯定二話不說就落筆，還負責充當慫恿人的角色，看，就是裡面的炮灰。」

郭果：「……」

郭果乾笑兩聲轉移話題：「繼續看繼續看……咦，螢幕怎麼黑了？」

幾人同時皺起眉，見畫面剛剛黑下去，揚聲器就傳出女生的尖叫聲，還有其他人混亂的安慰：「沒事沒事，肯定是停電或者跳電了，拿手機照一下。」

幾秒後，電源恢復，畫面重新變亮，幾個女生均是一愣：剛剛寫好名字的黃紙，不知為何竟然被揉成一團，掉到了桌子下方。

魏仙登時用力推了金雯一把：「是不是妳扔的？我都說了不想玩就別玩，搞破壞是什麼意思？」

金雯一臉茫然，百口莫辯：「不是我啊！而且剛剛忽然停電，我忙著找手機還來不及，哪有時間做這種事？」

其他人連忙勸架，她們把黃紙撿起來，看見除了變皺之外並無損壞，鬆了口氣，說紙沒關係就好，把作法流程搞完要緊。

魏仙得意地哼了一聲：「那當然，紙和紅土可是我師父給我的，作法專用道具，買都買不到。」

其他人不敢再說什麼，眼見魏仙按照方法用紙包起頭髮和紅土，找了根繩子掛在門口。

「這樣就行了。」她滿意地把別人叫過來看，「妳們心想事成以後別忘了請我吃飯。」

三個人圍在門口，仰著脖子觀察黃紙包，金雯站在寢室裡看著這一幕，不知為何一陣不寒而慄，止不住打冷顫。

她不敢再多想，連忙收拾起來：「那我先去洗澡了！」

「金雯，妳怎麼不過來看？」

鏡頭切到金雯正臉時，魏仙的聲音忽然冷冷從她背後響起，嚇得她一個激靈僵在原地。

「我，我就不看了吧，我相信妳。」她胡亂搪塞幾句，拎起洗浴袋要走，肩膀忽然被從後方扣住。

「還在等什麼呢，快過來看看呀。」另一個室友的聲音也隨之響起。

「過來，就差妳一個了。」第三個室友緊跟著催促。

金雯渾身莫名冒冷汗，又找不到理由拒絕，在接連不斷的催促聲下只能硬著頭皮轉身，剛扯起僵硬的笑：「挺好……」

話音未落她便親眼見到，笑容詭異的室友，頭顱如同切割好的水果，在她面前一顆顆滑落。

掉落時，這些頭顱還保持著張嘴催促的狀態，甚至掉落到地面後，還在一張一合問金雯：

「怎麼樣？紙包掛的好嗎？」

「我有變得更好看嗎？」

「妳說話呀……金雯……妳說話呀……」

臉龐澈底被恐懼占據，金雯失聲尖叫：「啊——！」

「啪——」畫面化為一條線消失，唐心訣及時關閉了電影。

室友還有些沒緩過神來，尤其是郭果，她起了一身雞皮疙瘩：「這電影真有恐怖片的感覺，我健康值都掉了。」

尤其是電影內容，裡面無論是場景還是人員配置，都和她們寢室一模一樣。代入一下進入其中，一時間有些脖子發冷。

四部電影初步瞭解完，接下來就是選擇時間。

和以往全員統一的結論不同，這次商討的結果，竟出現了分歧。

郭果和張遊選擇《山村惡靈》，鄭晚晴選擇了《無頭怪談》。

唐心訣思考幾秒後，也選擇了《無頭怪談》。

郭果瘋狂搖頭，「《無頭怪談》太血腥恐怖了，我不想開場就掉頭！」

張遊也十分躊躇：「這部電影的內容，對於我們的確非常不友好。當然，《山村惡靈》的難度也不確定。」

上一個看起來簡單實際複雜的虧，她們已經在《三年一班死亡錄》裡面吃過了。

鄭晚晴搖頭，直白地說：「我沒想那麼多，就是單純覺得《山村惡靈》讓我感覺很噁心，後者稍微好點。」

聽完所有人看法後，唐心訣按了按眉心開口：「我不選《山村惡靈》的原因是，這部電影的故事發生地在山裡的荒村。」

「一旦選擇錯誤，我們進入電影場景，那我們就需要在這個環境中，面對鬼怪生存到最後。」

唐心訣指了指自己，又指所有人：「但張遊、郭果、晚晴，包括我，我們四人恰好都沒有山村生活經驗。」

如果電影時間被拉長，她們該如何在裡面尋找食物生存，如何適應完全陌生的地理環境？這對她們來說，是一個巨大的劣勢。

意識到這點，張遊臉色也凝重起來：「的確，我沒考慮到這點。如果相比起完全陌生的山村，肯定是女生宿舍的結構我們更加熟悉。」

她們在寢室內進行過多次作戰，在熟悉的環境，面對恐怖敵人的慌張感會降低。

郭果弱弱開口：「我三歲以前住在奶奶家算不算……算了當我沒說，那我也投票給《無頭怪談》好了。」

冷靜下來後，沒人想跑進深山荒村和鬼搏命，票數逆轉，《無頭怪談》勝出。

於是，電腦資料夾裡的《無頭怪談1》重新播放，這次幾人一口氣看完了全程。

廢棄廠房內，四個探險的少年少女不小心觸發危險封印，無頭鬼現身，幾人尖叫躲避，周旋長達幾十分鐘後，竟沒有一人傷亡，完好無恙回了家。

幾年的時間過去，他們漸漸忘記這件事。直到工作以後老友重聚，提起當年的探險。其中一個人說，他有段時間經常做噩夢，夢中照鏡子頭會忽然掉下來，脖子上還莫名出現一條紅痕，說完就要給其他人看。

眾人嬉笑著撥開頭髮，發現竟然真的有這道紅痕。而後他們摸向自己的頭，這才意識到，每個人脖子上都浮現這條紅痕。

寂靜的房間內，熟悉的鮮血從牆壁滲出，呆若木雞的四人頭頂，無頭鬼的笑聲時隔多年後再次響起……

『叮！本部電影已觀看完畢，現在開始觀影問答測試！』

『請問，這部電影的主題是？』

『A、喜劇。』

『B、親情。』

『C、愛國。』

『D、反戰。』

『請在倒數計時結束前做出選擇！』

「……」

喜劇？親情？愛國？反戰？

這都什麼選項？

郭果雙目無神：「如果我有罪，法律會懲罰我，而不是讓我來面對這種問題。」

相比之下，就連上一部電影的測試都被襯托得不那麼離譜了。

張遊也很乾脆：「我選不出來，心訣妳呢？」

目光再次集中到唐心訣身上，少女注視題目兩秒，也轉頭：「晚晴，妳認為呢？」

鄭晚晴：「呃……等等，把這種拚智商邏輯的問題甩到我身上，妳們覺得合適嗎？」

「不。」唐心訣搖頭不假思索，「到達這種層面的選擇題，拚的已經不再是邏輯，而是運氣。」

而整個六〇六寢室，公認運氣最好的歐皇——是鄭晚晴。

「天將降大任於歐皇也，晚晴，這道題非妳莫屬。」

鄭晚晴：「……」

我信了妳們的鬼！

倒數計時沒剩多少，她硬著頭皮思考幾秒，做出選擇：「那就A吧！」

「從頭到尾，無頭鬼一直笑笑笑，笑個屁呀，可能它覺得挺好玩吧。」

它覺得好不好玩不知道，鄭晚晴是差點被煩死。

她憤憤吐出一口氣：「喜劇！就這個了。」

『叮！回答正確！』

系統提示響起一陣歡喜的音樂，約十秒後停下：『接下來將進行現場觀後心得撰寫，請考生備好紙筆相關工具，做好準備——』

眾人：？？？！！！

這就正確了？

幾人面面相覷，來不及討論答案正確的原因——大概也沒這個機會了——只能在提示聲中匆匆尋找手邊的紙筆。

唐心訣迅速提醒：「手機和道具，全都別忘記。」

話音方落，四周環境立時變化。

燈光變得昏黃，反射在牆壁花紋上有些刺眼，書桌床鋪變成酒桌和沙發，唐心訣剛集中注意力，震耳欲聾的尖叫聲就撲面而來，震得人精神一凜。

四個衣冠楚楚的男女抱作一團，正驚恐地看向唐心訣身後，尖叫聲從他們嘴裡源源不斷吼出。

這是一個包廂，從裝潢來看頗為豪華。四個男女蜷縮的地方是正對面的包廂門口，旁邊散落著餐椅、餐車、手提包和各種隨身物品，應該是剛剛劇烈砸過門卻沒能砸開。

「別過來，別過來，救命啊！」

尖叫一聲比一聲高，恐懼充溢著整個房間。

下一剎那，郭果的尖叫聲也從旁邊猛地竄起，帶著其他人往前衝：「鬼啊！就在我們身後！」

驀然回首，無頭的身軀正貼著牆壁向下爬，距離唐心訣只有幾尺的距離，連脖子上斷裂的切口都清晰無比。

「誰切斷了我的頭……誰把我封在土裡……讓我無法解脫……」

一個低沉沙啞的聲音從另一側響起，視線隨聲音轉去，一顆血肉模糊的頭顱赫然正在唐心訣腿邊，碩大的眼白翻動向上與她對視。

無頭身軀撲將下來，她側身閃開。無頭鬼卻沒有繼續攻擊，而是一邊抱住地上的人頭，一邊往包廂門口緩緩走去。

看著眼前景象，唐心訣出聲提醒室友：「冷靜，現在是觀後心得撰寫時間，遠離它們，我們應該沒有太大危險。」

果然，無論是包廂門口的四名男女，還是目標明確的無頭鬼，都似乎看不到寢室四人，只自顧自走著電影結尾的恐怖劇情。

『叮，請考生在六十分鐘內寫出關於該電影的觀後心得，字數不少於八百字，倒數計時開始！』

「……」

冷靜後拿出紙筆，幾人拖著腿軟的郭果找了遠離鬧鬼現場的角落坐下，在人物的尖叫聲中開始構思。

如果說上一部電影有「重播」，對劇情瞭解比較完整，那這部電影可以說完全一頭霧水。就連電影主旨，都是鄭晚晴靠運氣答出來的。

很快，正漫無目的思考的鄭晚晴就發現，室友的目光都落在自己身上。

她：「……我完全不行！」

她一個金融狗，從大一結束兩門人文選修課後就再也沒碰過觀後心得這種東西，對此簡直束手無策。

「對了，」她忽然想起來：「郭果，妳大二轉去新聞系了，這種現場總結妳應該會寫吧？」

郭果剛從被無頭鬼貼臉的衝擊中緩過來，臉色鐵青：「新聞稿不包括鬧鬼殺人現場，而且我也不會編啊！」

張遊提前否決：「我轉的是外語系，和這部電影沒什麼適用性……不過觀後心得，應該主要發揮想像力，我們一人寫一段，再配合心訣寫的主題，儘快完成就好。」

說到這裡，幾人紛紛看向已經開始寫的中文系大三生——唐心訣已經落筆好幾行，纖細的手指下筆跡遒勁：論無頭鬼在喜劇電影中的普遍適用性以及諷刺色彩。

幾人沉默半晌。

郭果嘆為觀止：「訣神，妳是怎麼思考出這些論點的？」

唐心訣不假思索：「放棄腦子和邏輯思考出來的。」

……好有道理，無言以對。

包廂門口，四名男女中，已經有一個人因過度驚恐而撅了過去，剩下三人，兩人選擇在屋內跑酷逃命，一人舉著椅子上去和無頭鬼肉搏，然後就見無頭鬼輕輕一捏，椅子碎裂爆開。

搏鬥的人倒跌兩步撞在門上，癱倒在地失聲大吼：「都過去這麼多年了，你為什麼還纏著我們！你有什麼生前的願望我們可以滿足，我們可以超渡你！別殺我們……嗚嗚……」

恐懼使大吼的男人涕淚橫流。

無頭鬼竟然真的停住了腳步，它懷裡的人頭眼珠停止轉動，和男人對視，嘴唇微微翕動：「我的願望是……」

房間內忽然升起一層白霧，將所有電影人物和聲音掩蓋。

圍觀的寢室幾人：「……」

還能這樣阻止她們看劇情？

唐心訣一邊寫一邊分析：「這段有可能涉及到第二部的劇透，所以被擋住了。我們儘量觀察能看到的資訊就行。」

沒多久，白霧散去，包廂內的無頭鬼消失了，只有四名男女呆呆愣愣在原地。

他們僵硬地爬起來，緩緩轉向正在寫觀後心得的四人，然後一歪，四顆頭從脖子上咕嚕嚕滾了下來。

頭顱落在地面，嘴角才咧開，驚懼怪叫不止。

郭果：「嘔──」

她又本能地乾嘔，手緊攥筆記本，強忍著沒有關閉陰陽眼。

張遊在旁邊看得心有不忍：「如果妳感覺難受，就閉上眼忍一忍吧，我們應該不會受到攻擊。」

郭果搖頭：「不，我看到他們背後有，有東西，嘔——」

好在幾具新無頭鬼僅限於精神汙染，雙腿在原地打轉，沒有撲過來。

過了一刻，唐心訣擱筆：「寫了五百。」

張遊撕下自己的筆記紙：「我正好寫了三百。」

放棄腦子之後，果然寫得順暢多了。

『叮咚，觀後心得已提交，正在評測中……』

『考生觀後心得，將由影片主角進行打分！』

在地上怪叫不止的四顆頭顱：「好痛啊，什麼都看不見……」

「零分、零分！」

『打分結束，您的觀後心得最終得分是：零分！』

「……」

鄭晚晴握緊拳頭：「如果我現在打它們，規則會允許嗎？」

「算了，只是得不到額外獎勵而已。」張遊攔住了差點暴走的鄭晚晴，「鬼怪對我們的惡意本來就不講道理。」

在全然陌生的領域，對方是主她們為客，一個搞不好容易踩進坑裡。

事實上，光是她們成功寫完觀後心得，滋哇亂叫半天的四隻新無頭鬼顯然很不滿意，慘白的眼球惡狠狠盯著她們。

唐心訣沒管打分的事，她被地面亂轉的頭顱吸引了，蹲下朝它們問：「剛剛的無頭鬼對你們說了什麼？」

四顆頭眼珠滴溜亂轉：「妳走近點，走過來我們就告訴妳。」

唐心訣抽出馬桶吸盤，「真的嗎？」

頭顱：「……」

不知為何，這根馬桶吸盤讓它們升起一股懼意。橡膠頭上附著的陰冷感更是令它們頭皮炸起，彷彿那上面曾經發生過對鬼非常不友好的事情。

四顆頭又齊刷刷地搖：「走遠點，妳走遠點！」

唐心訣沒動，強調並重複了一遍：「是不是那隻無頭鬼把你們變成這樣？它說了什麼？」

「它說……」頭顱終於停止怪叫，不情願地慢吞吞開口：「只有完成他們的要求，才能結束我們的詛咒……否則，無頭役使，生生不息……」

「他們」是誰？結束什麼詛咒？

唐心訣正欲再問，觀後心得考核結束的提示響起，幾人再次被傳送回寢室。

精神回歸，無比的疲憊頓時覆蓋而上。兩場電影看下來，眾人彷彿跑了兩個馬拉松，累得連抬手指的力氣都沒有了。

『過度疲憊：你的精神和體力都受到極大消耗，繼續透支將減少大量健康值。』

「這遊戲是開了青少年模式吧，還挺注重健康作息。」鄭晚晴隨口吐槽一句，撐起身體搖搖晃晃去洗漱。

「啊，等等！」郭果用力睜開眼皮，第一個反應是提起力氣在紙上畫畫。

這是她在「觀後心得現場」，用陰陽眼在四個「受害者」身上看到的東西。

唐心訣看去，只見郭果畫出了四個無頭火柴人，在每個火柴人身上，有像蒸汽一樣的線條冉冉升起。

「這是從他們脖子紅痕上散出的黑氣，紅痕的位置就是脖子斷開的位置，到後面，黑氣就從脖子裡面升出來。」郭果有點煩惱：「但是還有個東西，我就不知道該怎麼畫……」

她乾脆扔筆，用手跟唐心訣比劃：「就是，黑氣裡面有一個紅色圖案，好像是個鬼畫符，但是我又看不太清……」

按照她的描述，唐心訣親手執筆畫出一個符文圖形：「是這樣嗎？」

郭果狂點頭：「對對對，差不多差不多。最開始那個無頭鬼脖子上也有這個紋路，只是更深，看一眼就特別難受。」

交待完一切，郭果終於鬆一口氣，疲倦不堪倒下去，沒過多久竟然趴在桌子上睡著了。

「大家都太累了。」張遊日常清點完物資，看到這幕也嘆一口氣，叫住唐心訣：「其實，我有一個想法。」

「自從進遊戲以來，我們都繃得太緊了。」張遊認真地說：「每天睜眼就開始擔心生命危險，除了必要的體力恢復，幾乎沒有多餘休息時間。」

尤其是對恐怖事物的「免疫力」比較低的郭果，大部分時間都在恐慌和受刺激，這樣下去就算身體沒問題，精神上也會不堪重負。

張遊和她商量：「如果有可能，我們能不能抽出一天的時間，用來複習和休息？」

唐心訣沉默片刻，而後開口：「妳說得對，我確實忽略了這點。」

……多年的夢魘讓她習慣了這種精神壓力，但室友卻是第一次接觸。

時刻繃著的弦更容易斷，也許這場考試之後，是時候休息一下了。

暫且按下商議，短暫洗漱之後，寢室很快陷入沉睡。

「叮鈴鈴——」

在鬧鐘聲中，金雯揉著眼睛坐起來。

但旋即她僵住動作，腦海裡的一切重新浮現：黃紙和符文、室友掉下的頭、驚恐的尖叫聲……

是夢嗎？

「金雯快起來，要遲到了，我們先走啦。」

幾個室友在下面喊了一聲，隨後寢室門被打開又關上。

金雯回過神來，含糊應了聲，一邊快速穿衣服一邊思索。當記憶完全回籠，她很快意識到：黃紙作法已經是一週前的事情了，現在紙包還好好掛在寢室門上呢。

看來真的只是個噩夢吧，金雯放下心來，露出一抹慶幸的笑容。

然後她穿上高領毛衣，擋住了脖子上的紅痕。

飛快起床洗漱，金雯拎起書包匆匆跑到了教學大樓，還是沒趕上早課鐘。

一般來說，如果寢室裡的人早課遲到了，其他室友會幫她占個位子。可今天，金雯在寢室群組裡喊了好幾聲，三個室友卻沒有任何反應。

她只能從後門悄悄溜進去，見到教室已經坐得滿滿的，只有倒數第三排勉強空出一個位子。正巧，那個位子旁邊的幾名女生紛紛轉頭看過來，面孔令金雯感覺有點熟悉。

對了，金雯想起來，這四人就是平時正對門六〇六寢室的同學，只是平時不怎麼來往，竟想不起她們的名字了。

金雯有些不好意思地跑過去，「請問這裡有人嗎？」

為首的女生十分纖薄，冷白色的皮膚看起來有些營養不良，她露出友好的笑容，輕聲細語：「坐吧。」

這一定是個身體很弱的女孩，金雯心想。

課上，金雯一直心不在焉。

她想問室友中午要不要一起吃飯，可無論在群裡@還是私訊，都沒得到任何回應。

下課鐘一響，她急匆匆拎包要走，忽然被旁邊的柔弱女生拽住手臂：「對了，金雯，有一件事想問妳。」

「啊，怎麼了？」不知為何，金雯下意識不想與對方說話，但看見女生友善的微笑，又不由得放下戒心。

接著，便見女生微笑道：「我們早上出門時，看見妳們寢室門口掛著一個黃色的四角形紙包，想問一下那是什麼呀？」

「這個……」金雯一時語塞，她不好意思說這是用來作法提高運氣的，便搪塞道：

「就是一個裝飾品，看起來、看起來滿好看。」

……鬼才會信，那紙包詭異又突兀，好看個屁。

意識到自己前言不搭後語，金雯尷尬地匆匆離開教室，不知道在她身後，四個「鄰居」女生注視著她離開的方向，久久沒有動彈。

一天繁忙的課程匆匆過去，直到晚飯後，金雯才有時間回到宿舍。

如果她沒記錯，這時候室友應該都沒有課，可是敲了敲門，裡面卻無人應答。

這是怎麼回事？

今天室友到底去哪了？

抱著滿滿的疑問，金雯忽然聽到室友的說話聲從身後傳來，她愣然轉身，發現聲音從正對面的六〇六寢室虛掩的門內傳出來。

……室友正在對門寢室？

推開虛掩的門，果不其然見到「失蹤」了一整天的室友。

「魏仙、曹柔、周杏，妳們怎麼在這？」

對於金雯的驚訝詢問，三個室友全然沒有反應，她們正神情狂熱地拉著對面寢室的四名同學，推銷黃紙改運術。

「這是我師父教給我的，百試百靈，自從上週我們寢室做完以後，我感覺整個人神清氣爽，生活也順利了！大家都是同學，我把這個方法教給妳們，妳們今天就用吧！」

魏仙扯著一名小個子短髮女生瘋狂推銷，對方害怕地縮著脖子，看起來十分無助。

金雯：「……不是，魏仙，妳們在幹嘛？別抓人家抓得那麼用力呀！」

救命，等下別人要認為她們寢室在搞直銷了！

好不容易把魏仙激動的手臂拽下來，金雯驚悚地發現，她另外兩個室友也不遑多讓——曹柔抓著一個冷臉的美貌女生不放手，周杏則纏著另一名戴眼鏡的女生，甚至想強行讓對方寫下生辰八字。

被糾纏的「受害者」，同時也是今早讓座給金雯的同學，均是一副生無可戀的表情，看起來對魏仙等人的推銷半點不感興趣。

金雯：「……」

她的室友以前明明不是這樣的！

唯一「倖免」的人將她喚回神，正是早課上的柔弱女生。她臉上仍舊掛著清淺笑意，說：「黃紙改運術，就是妳們掛在寢室門上的那枚紙包嗎？」

她遞來一個紅色紙袋：「這是妳的室友非要讓我們收下的作法用品，麻煩妳帶回去，我們真的用不上。」

「對……真的不好意思，打擾妳們了。」金雯感覺臉上燒灼，簡直無顏面對這些同學，她連忙使出吃奶的力，把三個陷入狂熱的室友拖回寢室。

「砰──」

門在她倉皇的背影後合上。

吵嚷的寢室頓時清淨下來，被糾纏的幾人整了整衣服，面面相覷。

「呼──」郭果長長呼出一口氣，「她們終於走了。要是再久一點，我就忍不住要反抗了嗚嗚嗚。」

她們經過遊戲獎勵的強化，身體素質比從前普通人時幾乎翻倍，真要動起手來，很容易把幾個普通女大學生弄傷。

「普通女大學生？」鄭晚晴皺眉挽起袖子，上面起了一層雞皮疙瘩：「我看她們像變態。」

當然，從電影中來看，女主角「金雯」的這幾名室友，都是顯而易見的鬼怪預備役，現在精神不正常，反而比較正常。

唐心訣擰了擰手腕，觀察四周：「這裡所有陳設和我們寢室一樣，可能是電影題材的便利，整個寢室都穿了進來。」

地理環境熟悉，作戰十分便利。

她目光掃到陽臺外，「現在是日落，天還沒有澈底變黑，我們先從整理資訊和復盤開始。」

首先，毫無疑問的是，她們現在正處於《無頭怪談2》的「重播」之中。

大概在十幾個小時前，四人從處於遊戲現實的寢室中醒來，休整完畢後，趁著對《無頭怪談》系列第一部的劇情記憶猶深，便打開了第二部。

雖然《無頭怪談2》的電影長度是目前看過的三部電影中最短的，但最後的觀影問答同樣離譜：

『請問，在電影內六一二寢室的四個角色中，哪個角色最先死亡？』

『A、魏仙。』

『B、金雯。』

『C、曹柔。』

『D、周杏。』

如果她們沒記錯，電影中除了金雯外的三個人，分明同時掉腦袋。

總之，在用排除法選了B——金雯首殺後，系統果斷判定她們答錯，然後傳送進了這部電影內。

早課在班級內遇到金雯時，就是她們剛剛來到這裡的時候。

「這次沒直接穿成電影人物，而是成為主角團的對面寢室，還好還好。」

郭果甚為欣慰，否則光是今天這幾個角色的瘋狂程度，就足夠令她 San 值急速下降了。

這一天時間裡，她們像大學生一樣上課，只不過大部分時間都在從四周的學生身上搜集情報。

「目前來看，這個電影世界觀較為完整，地圖也很大。」張遊將資訊在紙上一條條詳細列出：「至少校園內部、宿舍區內部，都可以正常通行。」

她們甚至還嘗試離開學校，結果得知前幾天校內發生一起血案，導致全校封鎖，全體學生只能在校內活動。除非特殊審批，否則無法出去。

說到這一點，四人默契地交換了眼神。

——毫無疑問，這個電影中並沒提到的「血案」，是一個需要探究的線索。

隔著兩公尺寬的走廊，關上寢室門，金雯重重嘆了口氣。

她拿出手機抱怨：「今天一直找不到妳們，不回我訊息就算了，還跑到別人寢室裡鬧。她們又不一定信這個，而且我們和人家也不熟，這下關係肯定要尷尬了。」

金雯走到飲水機前接了杯水，越想越異樣：「妳們今天一定要說清楚，我覺得妳們今天不太對……」

「金雯，妳過來看看我們門上的紙包，位置是不是有點傾斜？」

室友的聲音忽然從背後響起，金雯動作一僵。

這語調平板冰冷，聽不出情緒的聲音，令她猛地想起噩夢中的場景。

……甚至連從背後傳來的方向，都一模一樣！

「金雯，妳怎麼不過來看看？」

「快點來，就差妳一個了。」

在與夢境重疊，連續不斷的催促聲中，一層細密寒意爬上上金雯的脊背。

第六章　六二二寢室

六〇六寢室內。

唐心訣把幾張剪下來的新聞報導鋪在桌面上，這是她們從其他同學那裡打探來的，關於校內命案的相關資訊。

「上面顯示，在一週前的晚上，宿舍區西南角的一間男生寢室內，有一個男生跳樓，一個男生在洗手間內自殺，兩名男生精神失常，並且也出現了自殘行為，現在還在醫院進行搶救。」

一開始，校方想將其單純定義為學生不堪壓力自殺，但很快被否決——寢室四人學業順利家境美滿，人際關係良好，沒有任何憂鬱傾向，卻忽然同時同地相約自殺，這種機率有多小？

「還有一些細節沒被公開，據私下傳言，死亡現場十分血腥，學生的手機和電腦上都發出過求救訊息，但所有親人、朋友卻直到第二天才收到。」

唐心訣一邊總結，一邊提筆在線索下方寫——疑似訊號遮蔽。

張游補充：「也正因此，警方懷疑是偽造自殺的惡性殺人案件，相關監視器畫面已經被調閱，幾個男生的所有親朋好友也都在接受集中調查，目前還沒公布結果。」

這些大多是她們透過機房電腦連接校園網，從外面找到的資訊。

雖然新聞沒說寢室號碼和學生資訊，但她們依然想辦法找到這些內容：

十九號樓六一二室，傷亡者正是一間四人寢的全部成員。

「六一二……」郭果吸一口氣。

唐心訣：「沒錯，我們現在的正對門——電影主角金雯她們的寢室，也是六一二。」

巧合？

在恐怖電影裡，這種可能性顯然微乎其微。

——儘管系統離譜的認為這是一部喜劇電影。

唐心訣按了按眉心：「而根據金雯寢室其他室友剛剛透露出的資訊，她們做黃紙轉運術的那晚，正是一週之前。」

同一天夜晚，六一二男生寢室四人自殺，而另一間六一二寢室的四個女生，毫無所知地在黃紙上留下自己的姓名與頭髮。

一場死亡結束的瞬間，也是一場新邪典的開始。

無聲打了個冷顫，幾人看向整理完成的校內案件線索，發現仍舊迷霧重重，不甚清晰。

最離奇的是，明明校內發生了這麼恐怖的案件，當她們去實地查看時，那棟男生宿舍仍然進出自由，學生表情輕鬆如常。

四人假裝社團記者抓住幾人採訪，他們談起時沒露出任何恐懼之色，只有一問三不知，彷彿什麼事都沒發生過。

連事故地點附近都這麼詭異，怪不得整個學校半點緊張氣氛都沒有。要不是她們去校門轉了圈，興許都不會發現這件事。

「早知道我就想辦法混進那棟宿舍，看看案發現場，說不定能找到什麼線索。」

鄭晚晴眉心緊縮。

郭果不敢置信：「妳瘋了？我們隔壁那四個還沒死呢，都這副模樣了。已經死了的肯定怨氣更大，要是真去，說不定我們要面對四個 Boss！」

到時能安然無恙出來，都算副本客氣的。

命案相關暫且擱置，四人把注意力轉回當下——唐心訣在第一個六一二寢室（男）下方，又寫了一個六一二寢室（女），附上四個名字：金雯、魏仙、曹柔、周杏。

電影測試問的，是四人中誰「最先死亡」。金雯既然已經被系統否認，只能從剩下三個女生中尋找答案。

「魏仙是黃紙借運術的發起者，據她所說，這是她師父教給她的。只要寫上名字和頭髮，就能提氣運、旺桃花、開財運。她被首刀也不是沒可能，而另外兩個室友是沒什麼主見的炮灰，炮灰先被刀也有道理。」

靈異愛好者郭果想不出個所以然，只能恨鐵不成鋼總結道：「這種術法放在小說裡我都嫌棄弱智，明顯就是邪門歪道！」

別說很有可能都是沒效果的騙術，哪怕真的有效果，十有八九也是傷人傷己。

當然，恐怖電影主角永遠都不會提前意識到這點。現在黃紙包已經在六一二門口掛了一週，除了金雯，其他三個室友行為都明顯異常。

就在剛剛，她們不僅衝進來試圖推銷，還在寢室偷偷摸摸留下了不少作法工具。都被唐心訣第一時間摸出來，原模原樣讓金雯帶回去了。

「還好那些東西沒留下，我剛剛感覺寢室陰氣四溢，冷得不行，她們一走就好多了。」

郭果舒一口氣。

不只是她，唐心訣也第一時間甩了【鑑定】技能，「鑑定結果顯示，她們四個現在都是活人，沒有被附身，應該只是單純精神受影響。」

從這一點上，她們與男寢六一二四人的瘋狂狀態竟有些相同。

「這麼說，只要我們從現在開始觀察她們四個，是不是就能找出誰是最先死的？」

張遊的提議無疑是可行的，只是有個更加現實的問題：怎樣既能觀察對方，又保證自己的安全？

郭果懊悔不已：「早知道我就把積分留著買驅鬼符了。」

高級符文是沒有的，只能把以前買的檢測錶修一修貼在門口，充當警報器。

「滴滴滴滴滴——」

幾乎是貼上的瞬間，警報器就瘋狂響起，就好像……門正在被攻擊一樣！

室內幾人被嚇了一跳，郭果更是被嚇出一身雞皮疙瘩，「完了，對面不會已經出事了吧？」

唐心訣皺眉向前：「我來看看。」

她把雙手貼在門上，闔閉雙眼。

入手之處冰涼刺骨，不是正常的涼度，而是黑暗特有的侵略性陰冷。順著感應的觸角蔓延而上，露出了陰冷背後深藏的惡意……最終，在感知的歸攏下，所有惡意都指向同一個源頭。

她重新睜眼：「是隔壁門口掛著的黃紙包。」

「它正在源源不斷向外散發某種負面的影響，不只是對六一二寢室，也輻射到我們這裡。」

「靠！」郭果暴躁抓頭髮：「我們要不要把那東西取下來？要不然連我們也受影響，就麻煩大了。」

張遊不贊同：「如果取下黃紙包也會觸發死亡條件呢？」

現在可以肯定的，所謂黃紙轉運術絕對是某種邪法，甚至很可能和無頭鬼、六一二男寢室命案有千絲萬縷的關聯，而她們現在卻不清楚該如何解決。

唐心訣想了想，讓其他三人先在屋內等待。

而後她開門走過去，敲響了對面寢室的門。

沒過多久，門吱呀打開，露出魏仙半張白皙的臉，她目光落在唐心訣身上，嘴角咧開：「妳們終於想開了，來取黃紙嗎？」

「不。」唐心訣搖頭，蹙眉道，「我們寢室空調壞了，金雯說她有辦法修好，可她到現在還沒過來，妳能讓她出來一下嗎？」

「……」

魏仙目光有些孤疑，她盯著唐心訣看了幾秒，啞聲拒絕：「金雯現在不在寢室。」

門剛要關，卻被唐心訣迅速抵住，溫和商量：「那可以占用妳一點時間嗎？」

「其實……」她放低聲音，「我們有一個祕密一直想告訴妳，妳的室友以前經常瞞著妳帶很多男朋友回來，還有其他祕密，只是平常妳們都在，我們不好開口。現在妳來我們房間，我們趁她們不在，悄悄把這些八卦告訴妳。」

魏仙平板冷漠的眼裡恢復一絲亮光，她張了張嘴，似乎想表達震驚和質疑，卻又找不出唐心訣騙人的動機。

最終，在「祕辛」面前，魏仙還是動搖了，她從六一二寢室鑽出，屋內響起曹柔和周杏兩人的問話，被魏仙不耐煩搪塞過去，迫不及待跟唐心訣過來。

她剛踏進六〇六寢室，唐心訣就在後面關上了門。

魏仙此時的身形動作明顯比正常人要僵硬，但不影響她連聲催促：「現在只有我一個人了，妳快說吧。」

門鎖落定，唐心訣臉上微笑不變：「是啊，現在只有妳一個人，我們可以好好說了。」

魏仙還沒反應過來，臉上尚存一絲茫然，就被拽進寢室按在椅子上。

「妳、妳們不是要和我講我室友的八卦嗎？」

「沒錯。」唐心訣點點頭，神情自然地開始講述：「是這樣的，事情發生要追溯到一個月前……」

收到眼神示意，郭果悄悄走過來，用陰陽眼仔細掃查一遍魏仙，搖搖頭。

是活人，不是鬼怪。

「一個月前的某天，我們忽然發現，妳們不在的時候，金雯竟然鬼鬼祟祟帶著一個蒙面男人進了寢室，不小心被我們撞破後，她聲稱那是她表姐……」

張遊也走上來，打手式表示惡意感應道具反應不強，此時魏仙危險性不高，可以交流。

魏仙聽得聚精會神：「然後呢？」

唐心訣：「再然後，這個蒙面男人不僅有時跟著金雯過來，還跟隨在曹柔和周杏身後來過，而且每次一來，就在妳們的位子翻翻找找，尤其是妳的位子。」

魏仙睜大眼睛，大怒：「竟然翻我東西！然後呢？」

「再然後，有一天，我們幾個按捺不住，終於攔下妳的室友問，為什麼總帶那個蒙面男回來，還撒謊說是表姐。要知道，女生宿舍總出現陌生人，我們也感覺很不安全，對吧？」

魏仙點頭同意：「對的對的，然後呢？」

「結果對方很驚訝告訴我，她們從來沒帶男的回來過。」

唐心訣話鋒一轉，壓低聲音：「我們這才發現，這一切都是我們單方面看見的幻覺……原來我們有陰陽眼，能看見鬼！」

魏仙：「……」

她沉默兩秒，眼珠在眼眶裡遲緩地轉動，似乎在消化這資訊，半天後嘴角微張，遲疑開口：「然、後呢？」

「這就是我們把妳找來的原因了。」唐心訣神情一肅，認真道：「聽說妳師承高人可以捉鬼驅邪，我們想讓妳幫忙看看，能不能幫我們超渡一下寢室裡的鬼，擇日不如撞日，就今天怎麼樣？」

魏仙又合上了嘴。

寂靜片刻後，她有些茫然無助地開口：「可是，我和我師父學的是算卦，不是捉鬼啊？」

唐心訣搖頭：「這可是人命攸關的大事，我們可以湊錢給妳做報酬，要多少都行，妳就別隱瞞實力了。」

魏仙：「等等？我真的不會啊！」

唐心訣招手：「郭果，過來哭。」

郭果深吸一口氣，醞釀兩秒，一個箭步衝到魏仙旁邊，抱住椅子嚎啕大哭：「嗚嗚嗚啊啊啊！活不下去啦！天天都能見鬼呀！這學是上不了了，考試也考不下去了，不想活了呀！救救我們吧！」

被號哭聲撞得腦袋嗡嗡作響，魏仙整個人都傻了，甚至下意識想掙脫往外跑，可剛起身就被按了下去。

看起來最美貌高冷的女生不知何時來到她身後，按在肩膀上的手竟然力大如牛，魏仙硬是沒掙開。

她驚慌又無助地抬頭，見唐心訣正真摯地注視著她，目光中找不出半點虛假。

正在一片混亂中不知所措，忽然又聽到唐心訣開口：「那不如這樣，妳聯絡一下妳師父，我們找妳師父幫忙，就不會再麻煩妳了。」

「哦，對，對。」魏仙下意識採納這個建議，掏出手機飛快調出聯絡人，剛傳了訊息過去，女生倏地扣住手機，如夢初醒般咬住下唇，臉色煞白：「不行！師父和我說過，轉運術時間不到，絕對不可以提前聯絡他！否則，否則……」

寢室四人立即追問：「否則會怎麼樣？」

「否則，他就會被那東西找到……」

魏仙說不出話來了，她渾身發抖，嘴唇詭異地張開，眼球向外凸起，整張臉扭曲成驚恐的模樣，在椅子上劇烈撲騰，手機也滑落在地。

唐心訣一個眼神示意，其他幾人放開了對魏仙的鉗制，女生立即撲起來衝到門外，高高舉起雙手摸到六一二寢室門上的黃紙包，嘴裡念念有詞半晌，身體的顫抖才緩緩停下，整個人看起來稍微正常了點。

緊接著，她驚恐地掃了唐心訣幾人一眼，像躲避什麼恐怖怪物一般，嗖地鑽回了六一二寢室。

六〇六寢室四人：「……」

郭果幽幽道：「我覺得她短時間內應該不會過來推銷轉運術了。」

用魔法對抗魔法，這一波可能就叫量子對衝吧。

關上門，幾人轉身，張遊無聲伸出手，掌心是剛剛悄無聲息從地上撿起的，魏仙掉落的手機。

這個，才是她們這一場最大的收穫。

『為什麼突然傳訊息？不是和妳說不要傳嗎？』

『什麼驅邪？妳到底聽了什麼亂七八糟的？』

手機螢幕上彈出兩則訊息，不難想像電話那邊的氣急敗壞。

寢室內，四人對視一眼，興奮與緊張溢於言表。旋即，唐心訣根據手機以前的訊息記錄，打出回覆：『抱歉師父，是我隔壁寢室出了問題。我把轉運術推薦給她們後，她們就說做了噩夢還撞鬼，要來找我算帳，我一時心急就來找您了qwq』

半晌，對面彈出新訊息：『原來是這樣啊，那個寢室施法成功了嗎？』

『沒有呢師父，她們中間好像失敗了，不會有什麼後遺症吧qwq』

『廢物！連這點小事都做不好，一個寢室都擺不平，怎麼配當我徒弟？』

『對不起師父！我一定儘快完成您的吩咐！只是……』

『只是什麼？』

『只是我的室友也開始做噩夢了，我有點擔心她們 qwq』

『妳放心，這門法術對妳們有利無弊，為師難道會害妳們嗎？只是法術效果太強了，妳們一時間有點承受不了。等過了這段時間，一切都會時來運轉，保證妳們從此心想事成一飛沖天，這是妳們的福報啊！』

『謝謝師父，您真的太好了！』

唐心訣面無表情手指如飛，螢幕上出現一排排真誠的讚美，直到最後才語氣一轉，說到重點：『對了，師父，我看室友們似乎都很迫切，想找個時間讓她們長時間摸轉運包祈禱並感受福澤，加強轉運術的影響，幫助她們儘快度過這個時期……只是，不知道她們現在誰距離「福報」更近，師父，您覺得呢？』

唐心訣把六一二寢室的人員名字全部傳了過去。

寢室內靜得落針可聞，所有人都在屏息等待對面的回答。

過了半晌，魏仙的「師父」才傳來回覆：

『妳有這份心，為師很欣慰，我剛剛把妳們的名字測算了一下，然後發現……』

『恭喜妳呀，徒弟。妳的命很好，會比所有人更快得到福報的！』

說出這個令人精神一凜的「好消息」後，對面顯然不想再讓徒弟繼續追問了，匆匆交待兩句抓緊時間完成任務，就下線了。

臨走前，對面還喝令「魏仙」發誓，要立即用某種術法掩蓋他們交談過的痕跡，並且結束前不再聯絡，絕不能讓福報之力察覺到他的存在。

唐心訣乖巧答應，然後反手刪除了聊天記錄。

物理掩蓋，合情合理。

至於福報之力……

徒弟中獎，師父當然也要同喜，一個師門就是要整整齊齊。

距離魏仙離開已經有幾分鐘，為了避免她發現手機丟失殺個回馬槍，幾人拍下她與「師父」從前的聊天記錄的內容，然後假裝從沒打開過手機的樣子，將其放到門外。

而後，她們開始研究兩人的聊天記錄。

這份記錄約從三個月前開始。最初，魏仙只是找對方算命，一番聊天下來，魏仙對對方十分崇拜。就在此時，對方忽然表示魏仙命犯六厄，從小有保家仙護體等等，是非常適合從事玄學的命格。

聽到玄學卜卦的種種奧妙和好處，魏仙被說動，毫不猶豫拜了師。

從聊天記錄來看，魏仙與這人現實中見過好幾次面。黃紙等作法道具，就是他們最後一次見面，師父親手交給她的。

從頭到尾，魏仙都對「師父」的話深信不疑，實施轉運術也毫不猶豫，甚至還引以為榮。

除了今天外，最後的聊天記錄，就是師父命令魏仙把轉運術推廣給身邊人，爭取讓更多人得到福報。

顯然，魏仙首先選定的「推廣對象」，就是寢室正對面，唐心訣幾人所在的六〇六寢室。

全程看完，郭果感慨：「比完全虛假的騙子更可怕的，是有真本事的騙子。」

這個所謂的「師父」的確有玄學背景，最初傳給魏仙的入門技巧也頗有成效。只是諸此種種最後構建出的，是一場精心設置好的陷阱。

他想騙魏仙送命！

只此還不夠——「黃紙轉運術」每實施一次，最少要害四個人。更何況這裡是學生人員流動密集的宿舍區，以轉運術的輻射範圍，若真的推廣開來，因此而死的學生將不知幾凡。

心思之歹毒，令人髮指。

捋完全程，幾人心中不由也蒙上一層陰翳。這些既然是電影中的背景，多半已成定局。她們能做的，只有在破解答案的同時保全自身，安全脫離電影。

「如果他說的是真的，那魏仙就是第一個因轉運術死亡的人。」

張遊凝重地寫下這個名字，臉上卻不見輕鬆：「只是我在想，這次我們得到答案的速度會不會有些太快了？」

只要找到電影測試的答案，那接下來她們只需要等待劇情走到結束，再完成觀後心得就可以離開了。

可是作為電影的「重播」，還是一個系列中的第二部，真的會這麼簡單就讓她們通關嗎？

唐心訣沒有立即回答，她將現有資訊和線索的最後一部分印入腦海，才抬頭望向窗外：「我知道妳們在懷疑什麼……放心，從這一點看，我們的懷疑大概沒錯。」

眾人：「……」

這就更讓人放心不下來了！

「一個副本的難度肯定是多方面綜合平衡的結果，如果在破解謎底方面稍為簡單，那肯定有某一方面的難度會隨之提升。」

唐心訣垂眸，所有兌換的道具和異能都出現在手中。

瞬間，眾人寢室明白了她的意思。

……一旦解密結束，那唯一能阻止她們成功通關的，就只有劇情本身蘊含的危險。

疼痛和混沌感湧上大腦，金雯迷迷糊糊睜開眼，四周黑漆漆沒開燈，身下觸感堅硬且冰涼，鼻腔裡充溢著潮濕氣息。

她掙扎著伸出手，摸到四周的牆壁，才意識到這裡是洗手間。

她怎麼會倒在洗手間裡？

恍惚了幾秒，回憶才湧入大腦，金雯立時打了個哆嗦。

她想起，那是在剛剛回到寢室時，室友從背後叫她過去。等她回頭時，卻發現室友三人正站在門口，對著寢室門閉眼祈禱，臉上掛著詭異的笑容。

魏仙還轉過頭來邀請她一起加入，嘴角不受控制般扯得很高：「快來和我們一起吸收轉運術的靈氣呀。」

吸收……靈氣？

金雯確信自己一丁點都不想做這麼詭異的事。可就在她拒絕之後，室友卻猛地同時轉頭，面目猙獰地一步步逼近，要強行拉她過去「做祈禱」。

金雯被嚇得步步後退，情急之下躲進了洗手間。剛把門反鎖，門外就響起室友劇烈急促的撞門聲，嚇得她腳一滑頭撞到牆上，暈了過去。

現在清醒過來，金雯扶著牆站起來，心中既恐慌又躊躇。

她要不要出去？

洗手間裡又冷又狹窄，在這裡躲一晚肯定十分痛苦。而現在天已經黑了，寢室裡也沒有光傳出來，不知道室友有沒有睡著……

最終，在身體持續的疼痛提醒下，抱著僥倖心態幫自己打氣後，金雯還是小心翼翼打開門，悄悄走了出來。

如她所希望的那樣，寢室裡已經熄了燈，床鋪上是室友均勻的呼吸聲，四周靜謐無比。

至少比起白天，此刻的寢室稍微正常。

這也令她稍稍安心，但連續發生的怪事和怪異的室友已經讓她不敢再多待一分鐘，更別提繼續睡覺。因此只拿了手機和包，就摸索著打開門，飛快鑽出去。

黑暗的走廊內伸手不見五指，只有門上懸掛的黃紙包散發著熒熒幽光，乍一晃過，嚇得金雯差點叫出聲。

害怕吵醒室友，她捂著嘴匆匆離開，本想直接去找舍監阿姨打開宿舍門禁，然而剛走到樓梯口，卻忽然聽到一陣腳步聲從下方傳上來。

黑暗中，腳步聲十分緩慢，每一下都重重踩在樓梯上，似乎撐著一個搖搖欲墜的身體。

這聲音，不僅不像來自一個正常人，甚至……

金雯聽得心驚肉跳，不敢再按照原本計畫向下走，連忙退回走廊，卻發現無處可藏。

腳步聲越來越近，越來越向上，女生急得直冒冷汗無法思考，只能慌不擇路回到自己房間門口。

不，不能開門，不能回去！

本能的警告在她腦海裡瘋狂拉響，最終促使女生一咬牙，轉身敲響對面寢室的門。

求求開門，求求妳開門，救救我……

一下又一下。

金雯死死捂著嘴，恐懼的淚水奪眶而出，滑下臉頰。

唐心訣是被一陣敲門聲喚醒的。

「砰、砰、砰！」

敲門聲十分急促，在寂靜夜晚分外清晰。順著聲音下床走到門口，唐心訣定定站了兩秒，卻收回了要開門的手。

敲門聲不對勁嗎？

不，是全部不對勁。

在進副本的第一個夜晚，沒摸清危險規律時，她怎麼可能毫無戒備在床上睡覺，直到有敲門聲才醒？

邏輯破綻出現的瞬間，真正的回憶湧上，唐心訣立時變得清醒。

果然……記憶中，她們今晚根本沒睡覺，而是選擇圍坐在一起守夜。寢室的燈也從始至終都亮著。

但現在，室友不知所蹤，燈光熄滅，只有門口的敲門聲反覆叩擊耳膜。

感知順著掌心蔓延，門外冰冷刺骨，沒有半點活人氣息。

沒有出聲問外面是誰，唐心訣收回手，閉上雙眼。

『精神控制（一級）：控制的第一步就是自控。』

『隔絕大部分幻象對自身的干擾，亦是精神控制的基礎。』

「砰、砰、砰！」

唐心訣陡然睜眼。

寢室內燈光明亮，背靠椅子的室友不知何時睡得歪七扭八，絲毫沒察覺到外界的變化。

唯一和剛剛夢境中相同的，就是門口的急促敲門聲。

這次唐心訣沒有猶豫，直接打開門，在金雯有些不敢置信的眼神中將她拉了進來。

被屋內明亮的燈光刺激得有些睜不開眼，金雯腿軟靠在門上，還沒從得救這一事實中回神，就見剛剛開門的柔弱女生已經迅速轉身，一一叫醒熟睡的室友。

這倒是很正常，只不過對方叫醒人的方式，似乎有些，不太尋常？

金雯震驚地睜圓雙眼：那是……馬桶吸盤嗎？

在她震驚的目光下，柔弱女生高高舉起不知從哪抽出的馬桶吸盤狀物體，對準怎麼晃都晃不醒的三人。

下一瞬，馬桶吸盤的橡膠頭一縮，如同十個立體環繞音響打開般，淒厲攝人的恐怖尖嚎從中噴薄而出！

第七章　轉運術

聲音進入耳朵的瞬間，金雯原本堅定的求生欲出現了裂痕：她的寢室和這間寢室，究竟哪個看起來更不安全？

她現在究竟是暫時安全了，還是才出狼穴又入虎窩？

淒厲鬼嚎中，三個沉睡的女生相繼驚醒，郭果直接嚇得一個倒仰，砸到差點出拳的鄭晚晴身上，兩人同時跌倒在地，被張遊及時扶起來。

看到聲音的來源是馬桶吸盤，幾人才放下警戒恢復理智。

「這是……我們剛剛睡著了？」張遊迅速反應過來，臉色有些發白。

四個人明明已經盡力做了所有防範準備，卻還是在椅子上無知無覺同時入睡，說明影響她們的力量比想像的更強大，且來者不善。

「我夢見有人用力拉我的床簾。」回憶起夢境內容，郭果直縮脖子：「我嚇得要死，拚命不讓它拉開，就聽到它一直怪笑，讓我抬頭看看它是誰。那我當然是死也不抬頭了！」

直到一陣比鬼笑還可怕的尖叫聲劃破空氣撲面而來，直接把床帳外的東西颳得一乾二淨，她才手上一鬆醒了過來。

鄭晚晴和張遊對視一眼，也講了自己做的夢。

鄭晚晴夢見自己在操場上夜跑，身後卻一直有腳步聲在追她，前面的路越來越窄，視線盡頭是一片死角，一切都在逼她回頭。

張遊的夢境則和唐心訣有些類似，夢到寢室內有敲擊聲，只不過聲音來自陽臺窗外。就在她猶豫是否拉開窗簾的時候，被尖叫聲及時震醒了。

四個夢都有一個共同點——在空間內除了做夢主體外，還有一個未知的「存在」，這個存在以她們無法直接看到的形式出現，誘使她們主動破開屏障。

如果她們沒有被及時叫醒……三人不寒而慄。

這時，張遊注意到門口的女生，詫異挑眉：「那是金雯？」

唐心訣：「對，她剛剛在外敲門。」

「那妳剛剛用馬桶吸盤異能叫我們，也是在她面前直接……」

唐心訣點頭表示確認，「時間緊迫，沒來得及避開她。」

幾人看了看門口的女生，沉默須臾，郭果幽幽開口：「這個技能把我們叫醒了，但好像……把她送走了。」

只見金雯已經兩眼翻白，隱隱有暈過去的趨勢。

一番緊急搶救後，金雯終於悠悠轉醒，看到唐心訣下意識就要跑，卻被一把按住。

上一秒在她眼中還弱不禁風的女生，下一秒像拎小雞崽一樣把她輕輕鬆鬆拎了回來，還溫柔地說：「放心，剛剛只是一點意外。」

金雯：「……嗚嗚嗚對不起，我才是個意外，請讓我走吧！」

她一定忘了今年是本命年，才會倒楣到如此地步！

然而形勢已由不得她，張遊和郭果輪番上陣循循善誘，才讓金雯冷靜下來，並相信她們和魏仙等人不一樣。

最後，唐心訣嘆一口氣，端肅總結道：「其實事情說來話長，我長話短說，簡而言之，我們寢室的郭果其實師承玄門，與妳們寢室魏仙的師父是敵對派系，我們是正，他們是邪。」

郭果：「啊？啊……對，沒錯！」

她挺起胸脯，試圖讓自己的形象看起來更高大一點。

唐心訣：「我們發現，魏仙被邪道迷惑，所謂的黃紙轉運術，其實是一種借運的詛咒——妳最近是不是感覺精氣不濟、心慌氣短、噩夢連連，與室友格格不入？」

金雯被震撼人心的資訊接連刷新世界觀，一時間無法消化，只能下意識點頭：「對……對。」

「那是因為妳已經受到邪術詛咒。」唐心訣擲地有聲，「如果不破解，將會性命垂危。」

金雯直接被嚇哭了：「那要怎麼才能破解？我不想死啊！」

女生激動地起身抓住唐心訣手臂，因為動作過快，脖子上的衣領被刮得下移，露出了頸部一圈淡淡紅痕。

唐心訣目光落在紅痕上半秒，與室友對視一眼，淡聲開口：「今天妳先在我們寢室裡休息，明天早上，我們會把方法告訴妳。」

隨後，金雯感覺手中一沉，多了一道符紙。

「把它放在貼身處，危險時可以為妳爭取一點時間。」

「切記，無論何時不要自暴自棄，只要理智還在，永遠都有一線生機。」

聽著少女溫和冷靜的聲音，金雯焦躁不已的心似乎受到感染，在惶恐痛苦中慢慢獲得了久違的沉靜。

許久，她輕輕點頭：「好。」

第二天。

已經臨近中午，六一二寢室裡卻死氣沉沉，窗簾緊閉，不讓一絲光線透進來。

寢室內的三個女生都面無表情坐在自己的位子上一動不動，彷彿在等待什麼。

忽然，門鎖轉動，門被緩緩推開。

金雯低頭走了進來。

離門口最近的魏仙立即以異常敏捷的速度躥起，一把將金雯拽進來，面孔扭曲，聲音有種變調的暗啞：「妳終於回來了，這裡可不能缺人。」

金雯向後瑟縮，害怕得直抽氣：「缺人、缺人會怎麼樣？」

「轉運術需要四個人，我們四個當然要一直在一起，缺了一個都不行呀。」

寢室內，曹柔和周杏兩人同時咯咯笑了起來。

「不過沒關係，如果白天妳不回來，晚上我們就會去找妳。就算妳一直藏起來，等到了時間，也會自己回來。所有人都會回來……」

魏仙盯著金雯，說出意味不明的話。

金雯卻彷彿冥冥中聽懂了一般，臉色變得更白，身體也開始發抖。

「回來了就好，我們可以開始禱告了。」

其他人紛紛起身，她們手上掛了一模一樣的黃線，魏仙說過，這樣可以增加與轉運陣的連繫。

眼見手腕要被強制戴上黃線，金雯忽然顫聲開口：「魏仙，我是想告訴妳們一個好消息！我發展了一批下線！」

室友動作停住，魏仙慢慢抬頭，僵硬開口：「什麼下線？」

「我去外面宣傳了轉運陣的功效，先是勸服了隔壁寢室，又透過隔壁寢室成功說服了她們朋友……最後有整整十六個人，四個寢室想要嘗試！」

金雯掏出一張紙，上面標注了四個寢室的位置，再算上她們寢室，正好覆蓋整個宿舍區東南西北四個角落以及出口。

如果算上輻射範圍，整個宿舍區都可以囊括其中。

魏仙看了半晌，果然心動：「妳說的，是真的？」

金雯連忙辯解：「我是做了轉運術的人，轉運術越強，我得到的好處就越大，有什麼理由騙妳們？」

「但是還有一個壞消息：她們說今天就想試試，我們的道具卻不夠。」

她沒亂說——魏仙手裡的黃紙只多出一份，也只能做一次。

「所以，」金雯吞了吞口水，「她們說想當面確認妳說的是不是實話，順便再多要幾份黃紙，讓妳超額完成任務——只需要和妳師父視訊連線一次，怎麼樣？」

魏仙警惕開口：「妳在胡說什麼？我不可能在外人面前暴露師父的樣子！」

「當然不需要外人。」金雯立即順著她的話妥協，就地砍價：「那就只有我們四個在這裡，妳單獨和妳師父視訊，然後由我來轉告她們結果，這樣總行了吧？」

「甚至不需要聊天，只需要勸妳師父接通一下，她們在門外就能聽到——」

腦海中，唐心訣教給她的話，金雯一字一句說出來：「機不可失時不再來，有妳這麼聰明能幹的徒弟，是妳師父的幸運。相信，他一定會很開心的。」

「妳們說，魏仙真的會信嗎？」

寢室內，郭果手托下巴盯著門口，有些擔憂地問。

「一個人如果能執迷不悟栽進同一個坑裡兩次，那她很可能會栽第三次。」唐心訣道。

從經驗來看，魏仙對於這種言語誘惑完全沒有抵抗力，要不然也不會成為轉運術下第一個受害者。

「相比之下，我們更需要擔心的一點，是魏仙能不能勸動她師父。」畢竟對方才是那個老奸巨猾的騙子。

聽著唐心訣的分析，張遊在紙上畫了一堆邏輯線，還是眉心緊鎖，嘆氣道，「算人心我真的不行，心決，妳覺得成功率高嗎？」

唐心訣看起來倒是輕鬆，還有心思在洗手檯前對馬桶吸盤做灌水實驗，都被橡膠頭憤怒地吐了出來。

「如果是我們假裝成魏仙交涉，模仿不到位反而會使人起疑。這件事最好由真正的魏仙來做，成功率才能最大化——當然，即便失敗了，也不代表沒有其他辦法。」

好在事情的發展如人所望，半天之後，金雯的訊息傳過來——成功，速來。

六一二寢室內，魏仙死死盯著手機螢幕，彷彿裡面有什麼妖魔鬼怪。

師父的警告和怒斥尤在耳邊，但一股更加強烈的，想急功近利的欲望壓過了理智和對師父的恐懼，促使她鬼使神差編造了急迫理由，然後點下視訊鍵。

半晌，連線請求終於接通的瞬間，一個肥頭大耳的男人出現在螢幕另一端，眉眼暴戾：『到底有什麼事……』

魏仙呆滯的臉上浮現一絲畏懼，她張了張嘴想要開口，耳邊卻忽然響起一個明明熟悉，卻令她心頭一緊的聲音：「既然找你，當然是有要事。」

幾人猛地轉頭，才發現原來金雯竟不知何時悄然開了門，對面寢室的人一個接一個飛速進入，現在站在她身邊的人赫然是唐心訣。

魏仙大驚：「妳們！」

她沒來得及說出後面的話，手裡一空，手機進入對方手中。

螢幕裡肥胖男人愣了一秒，看見唐心訣微笑的面孔後剛要怒喝，話音沒出口卻又意識到不妙，立即閃電般伸出手關掉視訊——

啪。

男人的手僵在空中。

下一瞬，殺豬般的嚎叫從他扭曲的臉上響起，顧不得桌上手機，雙手撕扯起臉上的橡膠物體。

寢室內也一片寂靜。

所有人親眼看著唐心訣不知從哪裡抽出一支馬桶吸盤，然後又眼睜睜看著它穿過手機螢幕，直接捅到肥胖男人睚眥欲裂的臉上。

穿——過——手機螢幕？

『穿梭：沒有我不能穿透的介質，如果有，請繼續升級。』

『從此以後，所有恐怖片裡，從螢幕裡爬出的不一定是鬼手，也有可能是馬桶吸盤。』

馬桶吸盤的吸力根本不是肥胖男人隨便就能掙開的，他拚命幾下掙脫失敗，立即顫聲問：『妳們是誰？妳們想幹什麼？』

唐心訣手上穩如泰山，溫和道：「這話應該由你來回答才對，用所謂轉運術坑害學生，能給你帶來什麼好處？」

提到轉運術，肥胖男人反而冷靜下來，甕聲甕氣開口：『是我失誤，沒算到這裡竟然有個有本事的道友。大家既然是同門，不如解開幻象好好說話，何必上來就大動干戈呢？』

把馬桶吸盤自動理解為幻覺之後，肥胖男人頓時輕鬆不少。

唐心訣卻笑了笑：「如果你還想要自己的頭，就別浪費時間比較好。」

說罷，一股水從馬桶吸盤中噴出，男人猝不及防吸入鼻腔，整個臉嗆得通紅，像砧板上的魚一樣胡亂撲騰：『別動手！要是殺了我，就沒人知道黃符死咒怎麼破解了！』

黃符死咒？

唐心訣眨了眨眼：「它已經被從門上摘下來燒掉了。」

男人愣了一瞬，陰森森笑起來：『那妳們必死無疑了，它們會永遠纏上妳們，咳咳……那些、那些以前死於詛咒的魂魄……』

唐心訣：「可是據我所知，黃符詛咒本來就無解。」

『那是妳道行不夠！』男人甕聲冷笑：『只需要按照特定卦陣，找到陰時出生的年輕男女各八人，即可將詛咒層層分遞下去。黃符死咒是我的傑作，待到她們全部身死，魂魄還可歸我馭使……啊啊啊！』

臉上吸力更強，更有森然冰寒傳來，提醒著他現在的處境。

男人話音一頓，轉而語氣討好：『不過妳燒了也沒關係，我還有一種方法。只要妳們用自己的鮮血混合紅土澆在黃紙包曾經的位置，就可以迷惑索命厲鬼，延長生命……』

郭果忽然開口：「他在說謊！」

肥胖男人：『……』

唐心訣：「馬桶吸盤，吃。」

橡膠頭如同真在進食般做出了「大口大口嚼」的動作，只是沒能把肥胖男人真的吃下去，只令對方肝膽俱裂痛呼不已：『我說！我說實話！』

『實話、實話就是……』肥胖男人翕動著嘴唇，『到了後期，立咒十公尺不可出、脖上紅痕不可褪、身後有人不可應……死咒無解，唯有苟活！只不過妳們既然已經燒了黃紙，死期已到——』

男人瘋狂的笑聲中，馬桶吸盤忽然從他頭上拔起，就在他暈頭轉向睜眼看去時，橡膠頭吐出一個黃紙包。

被黃紙包砸臉的男人：『……』

唐心訣：「如你所說，既然急著獻祭其他人，說明也是為了轉移自身的詛咒，黃符死咒只不過是將你身上的詛咒散播開的媒介而已。如果我們沒猜錯，這場詛咒的原身，應該與無頭鬼有關，對嗎？」

肥胖男人嘴唇哆嗦：『妳、妳們不能這樣，這肯定是假的，這肯定是幻覺！』

唐心訣不為所動，吐字清晰：「你說的對，詛咒不可逆，但是可以擴散。從現在開始，你不用再躲躲藏藏，擔心被詛咒抓住了。」

在對方愈發睜大的驚恐目光裡，唐心訣笑意愈深：「恭喜你，你的命很好，福報馬上就來。」

視訊關閉後，唐心訣把馬桶吸盤拔出，裡面只有零零散散的頭髮，橡膠頭噴出一口氣，表示自己盡力了。

至少在電影裡，這個「師父」尚是活人，無法直接吞噬。

寢室內安靜無比，魏仙幾人已經陷入呆滯，對剛剛發生的一切無法反應過來。

黃紙轉運術，不是提升氣運的法術嗎？

怎麼在肥胖男人的口中，又變成了黃符死咒？

她們不是馬上就要得到福報了嗎？

怎麼又說死期將近？

已經被侵蝕過深的大腦無法承受真相，曹柔和周杏兩個室友相繼暈死過去，只有魏仙茫然半晌後，捂頭尖叫一聲，猛地衝出寢室，不見了蹤影。

金雯也臉色蒼白，靠在椅子上沉默半晌，抬起頭勉強扯起嘴角：「我們應該是，真的沒救了吧。」

儘管在得到答案之前，這種預感已經占據了腦海，但一切在眼前被赤裸裸地揭穿，除了悲傷絕望，金雯還有一絲莫名的如釋重負。

至少這一次，她提前明白了自己究竟是被誰害死，不會沉淪於未知恐懼的無盡折磨中。只有一個遺憾，就是沒能親眼看見罪魁禍首被反噬的模樣。

但至少，反噬沒有遲到。

「謝謝妳們。」

再抬頭時，金雯淚流滿面。這一次沒有刻意遮掩，脖子上的紅痕滲出殷紅血跡。

彷彿突然恢復了力氣，她把唐心訣四人全部推回六〇六寢室，然後緊緊抓住唐心訣的手，「一直待在這裡，無論聽到什麼聲音，絕對不要出門。」

「無論發生什麼，絕對不要開門！」

第八章　鏡中有鬼

當夜幕飛快降臨，六〇六寢室裡的四人終於有了身處電影副本的真實感。

一切似乎按了快轉——時間以不可思議的速度流逝，就在幾人簡短商量過一番，還沒開始準備，夜色已經籠罩窗外。

朝窗外看去，視野裡一片模糊，連屋內的溫度都隨之降低了幾分。無需多說，幾人默契地準備好道具。

隨著劇情推進到最後，副本終於殺機匕見。

郭果捏著脖子上的水滴吊墜，站在陽臺前凝神注視外面，片刻後白著臉退回來，「好黑，不是那種夜晚的黑，而是、而是……」

「像有無數黑色虛影鋪天蓋地簇擁著，導致整個世界都變黑了。」唐心訣幫她描述。

「對！」郭果用力點頭，緊張地喝了口水，「這些虛影有些像之前『四季防護指南』裡，會附身的遊魂，但是比遊魂還多一點黑氣。」

無論這代表什麼，都說明此時外面無比危險。

「哦對了，」郭果似乎想起什麼，立即對三人說：「今天和魏仙的狗師父視訊時，我看到他身後站著一個人！」

一個人？

唐心訣挑眉，她確信自己只看見一個肥胖男人。既然如此，那只能是郭果見了鬼。

「妳的陰陽眼發揮作用了？」

郭果飛快點頭，還在自己脖子上比劃一下，「那個『人』看起來是個年輕的男生，年紀和我們差不多大，脖子上有一道特別粗的血痕，和電影上一部的無頭鬼，這一部金雯她們脖子上的傷在同一位置。」

從這些資訊來看，倒和一週前校內死亡的四個男生有些吻合。

魏仙師父試圖撒謊矇騙時，也是那隻鬼站在後面搖頭，郭果才立即指出他在說謊。只可惜她的陰陽眼還處於初級階段，又因視訊通話短暫，無法套出更多有用資訊。

同一副本裡竟然能遇見兩個相對友善的NPC，已經習慣被NPC瘋狂挖坑的眾人不禁有幾分感慨。

「可惜……」

張遊剛想開口，忽然見唐心訣比了個噤聲的手勢。

與此同時，寢室門外，急促腳步聲突然從走廊樓梯方向傳來。一個、兩個……似乎有多人在同時向這邊慌不擇路地奔跑。

一聲短促而陌生的尖叫聲，似乎有女生被絆倒。然後是更加紛亂的腳步和淒厲叫喊，重物墜倒接二連三，沒過多久便盡數消失。

從聲音判斷距離，她們一個都沒能趕到寢室門口。

別動，唐心訣示意三人。

沒過多久，某種東西在地面滾動的聲音緩緩進入耳中。

骨碌碌，骨碌碌。

從樓梯口一直滾到走廊內側，物體在某扇寢室門前停下。

「砰、砰、砰——」

沉重的敲門聲響起。

不，相比起敲，用「磕」來形容更合適。這聲音落入耳中，像是一個人在用腦袋重重撞門。

一個猜測同時浮上心頭，室內四人心照不宣地對視。

接著，那扇門似乎真的被「敲」開了，不出預料，更加劇烈的慘叫聲旋即響起。

當走廊再次恢復寂靜，新的滾動聲再次出現，由一變二、由二變三，向越來越深處擴散轉移。

屋內靜得落針可聞，為了防止出聲，郭果捂住自己的嘴，感覺那東西的滾動聲彷彿按在自己的頭皮神經上，難受得連胃都皺了起來。

「嘭！」

當磕撞聲終於出現在門口，饒是已經有準備，她們還是免不了一個激靈。

危險檢測道具開始嗡鳴，四人沒有任何開門的意思。

門外並未放棄，從單一且緩慢的撞擊悶響，變為越來越多，越來越密集……最後彷彿有無數個「東西」在同時撞擊寢室的門，震得整扇門微微顫動。

「嘭嘭嘭嘭嘭！」

郭果難受地捂住耳朵，輕聲開口：「我們就這樣等、等著嗎？」

陰森氣息撲面而來，撐得她腦袋彷彿要炸開。

張遊安慰：「我們站到一起，最外層群體性防護罩，別擔心。」

話音剛落，幾人忽見唐心訣猛地轉身，一張冰天雪地符擲向陽臺方向！

唰啦一聲，兩扇落地窗覆上一層厚厚冰霜，幾個圓形黑影被彈出去，滾落到陽臺地面。

隔著不甚清晰的光，地上滾動的黑影赫然是一顆又一顆女生的頭顱，甚至能看到凸起的眼球在上面轉動，嘴角咧開流下鮮血。

——這些負責撞門的「東西」原來在進入隔壁寢室後，又透過兩間寢室共用的陽臺湧了過來！

陽臺窗沒有寢室門那麼堅固，趁幾人剛剛注意力集中在門上，這些頭顱已經將玻璃窗擠開一道縫隙，要是再晚點發現，或許真的被它們成功闖入了。

幾人連忙奔過去重新關嚴窗戶，唐心訣直接使用了「鬼怪的尖叫」，震得好幾顆人頭滾落陽臺。

「要怪就怪你們頭上長了耳朵吧。」唐心訣收回馬桶吸盤。

人頭：「……」

郭果看著這一幕，剛有點想笑，卻見最後一刻人頭忽然變作骷髏鬼臉，朝窗戶撲來，嚇得她驚呼一聲倒退兩步，重重撞到牆角，痛得眼前一黑。

不對……疼痛消退後，眼前的黑暗卻仍未散去，郭果心頭重重一跳、

她立刻打開手機手電筒，光芒照出四周輪廓的瞬間，渾身雞皮疙瘩驟起。

這裡分明是走廊！

她突然被拉到了寢室外面！

就在這時，樓梯口傳來熟悉的頭顱的骨碌滾動聲。

「我靠！」

恐慌感直衝上頭，郭果顧不得任何事，連忙掏出鑰匙開門，在頭顱滾近前爭分奪秒回到寢室。

「砰、砰、砰！」

寢室門突然從內側被重重敲響，嚇得郭果倒退兩步，才回神意識到：裡面急促的一聲

聲敲擊不是來自頭顱撞擊，而是在同樣的位置用手拍擊的聲響。

可是寢室裡面，為什麼會有人這麼拍門？

敲門聲仍在繼續，似乎在警示著什麼……不要靠近？

這個念頭升起的剎那，郭果一個激靈，如夢初醒。

——相比起被突然拉到走廊，這裡更應該是幻覺！

這麼一個恍神的功夫，鬼怪的淒厲尖叫在耳邊炸響，郭果猛地睜眼抬頭，四周景象映入眼簾——她依舊好好站在寢室裡。

而她的手，正虛虛覆蓋在寢室門把上，差一點就要按下門把。

唐心訣顯然也剛衝破幻境醒來，眼底是未散的凜冽，循著她的目光看去，張遊和鄭晚晴正站在陽臺窗邊，也是心有餘悸的模樣。

她們又一次被同時拉入幻覺，並險些中招。

如果沒有幻覺中的敲門聲警告，就算唐心訣醒來使用「鬼怪的尖叫」也未必來得及……

郭果抑住後怕的眼淚，問：「我們現在該怎麼辦？」

「等。」唐心訣拉住室友的手，言簡意賅。

恐怖電影最後的殺人夜，總是格外漫長。

無數頭顱像永不停歇般撞擊兩側大門，四人挪動所有的物品抵住，再用冰凍符冰封，然後背靠著背繃緊神經站在中央。

過了不知多久，撞擊聲停止了。

雪白的牆壁頂部，滲出似黑似紅的液體，沿著牆壁慢慢流下。

「我的脖子好痛……」

「我的頭掉下來了」

「我的身體在哪裡？」

「好痛、好痛……」

牆壁上滲出一個個血紅掌印，有的像是抓撓，有的像是拍打，無數手印一路慢慢延伸向下，向四人的位置靠近。

唐心訣出聲：「小心那最大的！」

幾人集中精神定睛看去，只見一片纖細掌印中，有一個明顯比其他大上一圈，且從輪廓手指來看，明顯是成年肥胖男人的掌印。

下一瞬，鄭晚晴大喝一聲，「沙包大的拳頭」重拳出擊，攥著一張防護符重重砸在剛落在附近的掌印上。

防護符無火自燃起來，男性的低沉慘嚎一閃即逝。

就在它轉移方向再次出現的瞬間，又被馬桶吸盤扣住。

唐心訣勾起一絲冷笑：「怎麼，你也覺得自己見不得人，所以只能在一群女生的掌印裡渾水摸魚是麼？」

而就在它被扣住後，其他不斷蔓延而上的細小掌印明顯放緩了速度，又彷彿是無聲贊同。

男人掌印：「……」

血手印彷彿受到刺激，在地面向上掙扎不止，試圖脫離馬桶吸盤的桎梏。

眼見著無論如何都掙脫不出，鬼手印發出一聲厲嘯，房間內所有手印受到燒灼般掙扎尖叫起來，一時間鬼哭陣陣，逼得人不得不捂住耳朵。

『-5、-10、-15……』

健康值在精神攻擊下飛速下降。

群魔亂舞中，唐心訣冷然開口：「你覺得自己聲音很大？」

話音落下，馬桶吸盤一動，爆發出震耳欲聾的尖嘯，不僅複製了趙明濤被吞噬前的嘶吼，又如同百千隻厲鬼同時在「正道的光」下淒厲哭叫，完全蓋住了寢室內原本的噪音。

一嗓子結束，血手印們安靜如初。

肅然。

肥胖手印被音波沖得形狀模糊，連血紅色都淡了幾分，勉強吊著一口氣，正要悻悻放棄這次攻擊，忽然又聽唐心訣悠悠道：「現在的你，總該不是活人了吧？」

血手印應該只是鬼怪本身分離出的一部分，不僅屬於「副本內」的「純粹能量體」，還是即將消散的虛弱狀態。

——完美符合馬桶吸盤的飲食標準。

肥胖手印：？

這次，它沒來得及掙脫，就澈底消弭在橡膠頭下，整個手印眨眼間被吃得一乾二淨，只在地面留下一道驚恐不甘的劃痕。

到底誰才是鬼啊！

隨著肥胖手印消失，整個寢室的血掌印轉瞬褪去，牆壁房頂重新恢復乾淨，彷彿剛剛的場景只是場幻象。

「砰、砰、砰！」

門口又響起敲門聲，令剛要鬆一口氣的眾人再次懸起心臟。

郭果快崩潰了：「還有完沒完啊！」

唐心訣卻一怔，這次門外的敲門頻率，不知為何令她有些熟悉。

彷彿不久之前，有人曾經這樣敲了門……她陡然想了起來。

郭果也從崩潰中緩過神，同樣有種熟悉感，吸了吸鼻子：「我好像在幻境裡，聽過這個敲門聲？」

幾秒後，敲門聲忽而停下，門縫下窸窸窣窣，一張殘缺的紙被遞了進來。

唐心訣彎腰拾起，竟是被撕開的小半張符文。

——赫然是她在白天時，給金雯的那一張防護符。

所以門外……是金雯？

最後幻境中的敲門，也是金雯在提醒警告她們？

幾人面面相覷。但是敲門聲再也沒響起，只有笨重不穩的腳步聲漸行漸遠，直至澈底消失。

『叮！電影觀看進度已經到達百分之百，重播結束。現在開始觀影問答測試！』

『請問，在電影內六一二寢室的四個角色中，哪個角色最先死亡？』

『A、魏仙。』

『B、金雯。』

『C、曹柔。』

『D、周杏。』

郭果試探著問：「我們應該早就得出答案了吧？」

如果那個傳咒害人的肥胖男人沒被套錯話，那正確答案應與她們想的相同。

唐心訣點點頭：「沒錯，而且……」

她抬起手，符文上顯現出乾涸的血跡，拼出了一個歪歪扭扭的人字旁。

「我們選A、魏仙。」

『答案已提交，正在檢測……』

『恭喜你，回答正確！』

很快，提示聲無縫銜接：『現場鑑賞環節開始，請考生在六十分鐘內寫出關於該電影的觀後心得，字數不少於一千字。』

眾人掏出紙筆，後知後覺抬頭：？

觀後心得字數要求還能水漲船高？

「可能是因為此刻沒有鬼怪干擾，又是在自己寢室，環境對我們比較有利。」張遊從考試規則的角度思考出原因，扶了扶眼鏡，「總之，只要寫完就可以通關了，大家加油。」

「好的！」鄭郭兩人握緊拳頭，信誓旦旦。

十分鐘後。

「……寫、寫不出來。」

兩個人頹然抬頭，無助地看向唐心訣，「好像忘了問，我們這次標題是什麼？」

唐心訣將筆記本翻面：防範校園詐騙，從你我做起——觀《無頭怪談2》有感。

『叮咚，觀後心得已提交，正在評測中……』

『考生觀後心得，將由本校同學進行打分——』

一顆顆人頭重新在陽臺出現，擠擠挨挨堆在玻璃窗外，表情似號哭又似冷笑，彷彿在看寢室裡的笑話。

『你的得分是：五十三……』

考試提示忽然一卡，彷彿讀取遇到某種阻礙，停頓半晌重新開口：

『叮，有同學申請重新打分，現在你的得分是：七十二……』

『叮，同學再次申請重新打分，你的得分是：八……』

『叮，同學正在協商、請稍等……協商完畢，剩餘同學將再次打分……』

提示聲停停頓頓，過了不知多久、當它終於再次完整宣布一句話，機械音中竟能隱隱聽出兩分生無可戀：

『考生的最終得分是：九十一分！』

『恭喜考生，獲得「優秀」評價，成為該電影考核測試中首位成績優秀者，可獲得電影副本特殊獎勵：成員能力覺醒機率提升、隨機技能卡*1。』

四道淺藍色光暈在空中出現，投射到幾人身上，一陣舒暢的沁涼感油然而生，又隨著環境變亮而消失。

幾人回神望去，見陽臺外重新被濛濛白霧籠罩，時鐘顯示為中午十二點。

她們已經脫離電影，回到了考場的安全寢室內。

如同被卸了力，幾人立即癱在椅子上。

「沒想到這次觀後心得能拿到這麼高的評分。」張遊還有點恍惚，沒消化完這突如其來的驚喜。

唐心訣握住手裡的半張符文，眼中有淡淡笑意：「顯然有人幫了我們。」

所以分數才會一次又一次被迫「商量」抬高，直到對方滿意為止。

可惜電影劇情不能逆轉，一切已成定局。她們或許只限於這一副本中的短暫交集，抑或許某一天還有相見之日。

而現在，無論是屬於鬼怪的世界，還是遊戲中的未來，在她們面前的仍舊是一團極待探索的迷霧。

「等我以後有錢了，一定買一個能標記寢室在不同維度的記號，要不然都分不出這裡什麼時候安全，什麼時候危險。」

補充體力休息完，郭果抱住自己的檢測儀發誓。

到現在為止，她們已經經歷過：現實中的寢室、遊戲中的寢室、考試中的寢室、考試副本寢室、考試副本幻象寢室……

時間再長點，甚至能讓人生出一種活在俄羅斯娃娃裡的錯覺。

唐心訣收起金雯的半張防護符，看向電腦資料夾，此時裡面已經有三部電影消失不見，再去除三部已經被排除的，還剩下兩部：《宿舍有鬼》和《鏡中有鬼》。

「不是吧，又有宿舍？」

剛剛吐槽完這一點的郭果開始懷疑人生。

其他人也陷入沉默，對望片刻，張遊遲疑開口：「要不然，我們就不要選宿舍了。」

畢竟這是她們休息睡覺的地方，還是控制一下心裡陰影面積為好。

幾人無聲贊同。

晚上八點。

簡單看完兩部電影劇情後，四人更加堅定了不選宿舍的想法。

兩部電影內容都十分枯燥簡潔，《宿舍有鬼》講的是一個男生獨自住在四人寢室，然後發現寢室開始丟東西、出現莫名鬼影、門自動開合、電燈閃爍、空調裡發出怪聲、水龍頭裡的水變成血液……最關鍵的是，裡面場景仍舊是四張上床下桌的配置，布局與六〇六一模一樣。

《鏡中有鬼》場景更簡陋：全程只有一個側面鏡頭的公共廁所。每個從公共廁所出來的人，都會在洗手時被鏡子中不知道什麼東西嚇得尖叫癱軟，然後被一隻從鏡子裡伸出的血紅色鬼手硬生生拉入其中。

「第二部看起來比較簡單……如果鬼始終只能待在鏡子裡，那麼我們是不是只要保證不看鏡子，就能先防禦一大半傷害？」

郭果揪頭髮推測。

唐心訣思忖一下，搖頭道：「那要看這個鏡子，指的是狹義的鏡子，還是廣義的鏡子了。」

「啊？什麼意思？」

面對室友的疑惑、唐心訣舉起手機示意。關起來的螢幕上一片黑暗，透過寢室裡的燈光，能照映出螢幕前她們的大致輪廓。

「如果是廣義上的鏡面，那如玻璃窗、光滑瓷磚、塑膠杯、金屬、水面，甚至手機螢幕……等等一切能反光的物質，都可以變成『鏡子』。」

而那時的鬼怪，就可以透過這些介質，對她們造成傷害。

伴隨最後幾個字，唐心訣指了指自己的眼睛：「……極端情況下，我們甚至要避免看到彼此的瞳孔。」

郭果打了個哆嗦，「……我現在覺得宿舍副本也不是不可以接受了。」

最後，在反覆的利弊分析後，張遊揉著黑眼圈把紙上長長的計算拉到最後，得出結論——還是選《鏡中有鬼》。

「好了。」唐心訣甩了甩馬桶吸盤，現在塑膠桿上已經有三個骷髏頭，代表著吞噬的三種異能，而剛剛在副本中吞噬過血手印的標誌上閃過一絲紅光。

『吞噬成功，已繼承屬性「厚顏無恥」，異能物體的護甲大幅度增加。』

『厚顏無恥：只要臉皮夠厚，就沒有什麼能擊穿我的護甲。這是在吞噬邪修手印後，馬桶吸盤領悟到的一個新道理。』

摩挲著骷髏標誌，唐心訣語氣輕快，為寢室氣氛注入一絲安全感：「那麼接下來，就讓我們看看最後一個副本的尊容吧。」

電腦螢幕上，隨著第三個從洗手間出來的女人被拉入鏡子裡，鮮血從鏡面洞洞流出，浮現觀影測試的內容：

『請問，電影的鏡中鬼叫什麼名字？』

『A、冰藍藍。』

『B、莉娜綠。』

『C、琉璃紫。』

『D、殤櫻紅。』

看到最後，鄭晚晴不禁感慨：「草泥馬。」

「……」

幾乎沒什麼疑問，盲選C項失敗後，「電影重播」開啟，四人再度失去意識。

冰冷的感知蔓延開來，一陣冷風吹來，隨著意識恢復睜開雙眼，唐心訣發現自己正站在洗手檯前。

四處漏風的破舊洗手間，昏暗的慘白色燈光，狹長的洗手檯，旁邊是同樣剛剛睜開眼的三個室友，鏡中倒映出她們驚愕的神情。

而鏡子內，與唐心訣相對應的位置，卻並非她自己，而是站了一個渾身血紅的女生。

開局殺！

現在再閉眼已經來不及了，鏡中女生撥開額前長髮，露出正在咯咯詭笑的面容：「咯咯咯，妳們來啦！」

四目相對的瞬間，本來迫不及待想看考生恐懼神情的女鬼動作一頓，笑容凝固在臉上。

比剛才更加詭異的氣氛中，唐心訣挑起眉，果真給面子地露出幾分驚訝，如果她沒認錯的話——

「……小紅？」

鏡中女鬼：「……」

如果對張遊和鄭晚晴來說，鏡中的女鬼面貌尚且陌生，那麼對於唐心訣和郭果而言，這張臉太過熟悉了。

「宿舍文明守則」測試裡，伴隨黑暗夜晚降臨，長髮鬼影一次次緊貼床帳的貼臉殺，甚至最後從地面裂縫爬進寢室試圖奪她的臉，又被唐心訣一吸盤打回原形……都是郭果初入遊戲，尚未適應嶄新世界觀時，種種難以磨滅的深刻回憶。

化成灰，郭果都不會忘記這張臉。

唐心訣更不必說——那場考試最後，小紅被規則懲罰得只剩一個頭，想記不住都難。

簡而言之，大家都是老熟人，還是曾經差點被唐心訣搞死的深切交情。

看著表情難以言喻的女鬼，唐心訣瞇眼：「所以……殤櫻紅？」

本以為是開局殺，沒想到竟是開局送答案？

眾人：非主流竟在我身邊.jpg。

鏡中女鬼的臉已經難看到扭曲，唐心訣彷若未覺，還若有所思道：「妳的身體長出來了？看起來換了個新的，不像是兼職……所以受到重創後，連鬼怪NPC也要退休後二度就業？」

上次見面還是單場考試唯一Boss，替玩家挖坑的同時還能愉快談戀愛，現在卻成了一個考試小副本中的NPC，活動範圍僅限鏡內——職位降級莫過如此，怪不得看起來苦大仇深。

小紅：「……」

她聽出了唐心訣的言外之意，氣得嘴唇發抖眼角流血，配上一身紅衣，無比森然，「妳們找死……」

鄭晚晴奇道：「脾氣還這麼大，那肯定是小紅沒錯了。」

她可能不太熟悉小紅的模樣，但卻不會忘記對方動輒繞梁三日的惱怒尖叫。

郭果小聲道：「她好像快把腦袋氣掉了！」

隨著幾人你一言我一語，鮮血從鏡中女鬼五官森森流下，她剛要翕動血紅的嘴角，忽然又僵住——

唐心訣面色如常，手裡卻多出了一支馬桶吸盤。

「……」

如果鬼有最想刪除的回憶，那麼被新手考生用馬桶吸盤吸臉，險些毀容湮滅的記憶，肯定將永遠從小紅的腦海裡消失。

但鬼怪無法失憶，所以在瑟縮了一瞬後，小紅更加怨氣沖天。尤其她很快意識到，自己身處乃是鏡內，立即神色一鬆，得意地咯咯冷笑起來。

「好啊……既然妳們又落到我的手裡，這就是妳們的命了！」

說完，她伸出兩隻慘白的手，或許是顧忌唐心訣的馬桶吸盤，並沒像電影一樣伸出鏡面抓人，而是放到自己頭上，下一瞬，女鬼陰森的臉忽然發生變化，轉瞬成為唐心訣的模樣。

看見這一幕，唐心訣並不意外。

幾場副本下來能看出，鬼怪都會有自己的能力。推溯到當初第一次進副本，小紅的能力已經頗為清晰。

於是在鏡中面孔發生變化的一剎那，她毫不猶豫抬手前刺——馬桶吸盤毫無滯澀穿透鏡面，以閃電之勢吸上了鏡內剛要裂開的臉。

熟悉的攻擊，熟悉的窒息。

小紅：「……啊！」

她都進鏡子裡了，還能被吸臉？

熟悉的尖叫聲再次爆發，小紅甚至不顧繼續發動死亡條件，轉而抓狂地撕扯馬桶吸盤，指甲如同僵屍般發黑變長，從金石迸劃聲可以聽出其堅硬。

巨大的撕扯力從武器傳上來，以唐心訣的力氣，手臂都不得不浮現青筋，另一隻手扣住洗手檯維持身形。

她心中明晰，此時「小紅」發揮出的實力，或許才更接近鬼怪的真實狀態。

宿舍文明測試副本的結尾，馬桶吸盤之所以能制住小紅，是抓住了對方貪心不足蛇吞象，想要奪取郭果身分打破宿舍屏障的虛弱時機，才能出其不意成功反殺。

但這次，小紅在電影副本中的設定為「鏡中女鬼」，鏡子便是對方的主場，它在裡面占據絕對優勢。

想必小紅也正是倚仗這一點，才底氣十足要報仇雪恨，只可惜……

它改頭換面，唐心訣四人也不再是初出茅廬了。

見到唐心訣在與鬼怪力量對抗，郭果三人立即就要上來幫忙，被唐心決先一步否決：

「不要妄動！」

張遊也反應過來，「我們別離開自己的站位！」

大腦透過視覺接收開局的環境資訊，已經開始高速分析。

這間女洗手間的洗手檯共有四個水槽，如果仔細看去，貼在牆上的長方形鏡子也被隱隱分成四部分：鏡面被紅色油漆分割開，均勻分割了每個水龍頭的位置。

四個人，正好每人對應一份鏡面、一個水槽、一個鏡像。

按照考試一貫操作，結合這一場景……開局站位大概有坑！

鄭晚晴動作過快，又離唐心訣最近，一部分手臂已經越出自己的位置，等聽到兩人喊聲要收回時已經晚了一步——鏡子裡「鄭晚晴」的右手消失在紅線處，卻沒在唐心訣對應的鏡面上出現。

當她身體後退，手臂隨之撤回，消失的部位依舊空空如也：從手肘下方，到手腕、手指，整個右手手臂彷彿被某道無形的牆截斷，被永遠留在了鏡面之外。

不到半秒，鮮血從斷臂橫截面噴出！

「晚晴！」眾人失聲。

豆大的冷汗瞬間冒出，痛呼在喉嚨內滾動成顫音，鄭晚晴咬住下唇渾身發抖，整個身體匍匐撐在洗手檯上，才勉強沒有滑落在地。

張遊立即從口袋內掏出一顆綠色藥丸，急急扔到鄭晚晴的水槽裡，「這是止痛的妳先吃！」

她上場考試得到的積分，大部分都換成了防護罩和各種藥品。看到鄭晚晴受傷，腦袋嗡一聲恢復運轉，立即想到這些藥物。

鄭晚晴擠出力氣掰開牙關把藥丸吞下去，身體頓時一鬆，大口大口喘息起來。

商城貨物貴有貴的道理，藥丸吞下不到一秒，痛覺立刻消失了九成以上，儘管傷口依舊血腥可怖。

鄭晚晴抹掉糊住眼睛的汗水，又見水槽裡落下一瓶拇指大小的噴劑。

「用這個止血。」

噴劑是唐心訣扔的，少女看著鏡內興高采烈的女鬼，聲音不復溫和。

就在鄭晚晴受傷之際，女鬼想趁著唐心訣分神將馬桶吸盤奪進去，誰料不僅沒有成功，反而感受到外面的力量越來越大，不僅拉著馬桶吸盤，甚至吸著它的整個頭被迫向鏡外移去。

意識到這點，小紅的笑聲又變為氣急敗壞的尖叫，瘋狂破壞臉上的橡膠頭。然而有

「厚顏無恥」防護加持，無論它怎麼攻擊，橡膠都堅固不摧。

女鬼的頭陷在橡膠頭裡，被拖拽得離鏡面越來越近，唐心訣的聲音也越來越冷：「既然妳這麼喜歡和我們玩，那就出來玩一下吧。」

第九章　又見小紅

「妳要幹什麼？放開我啊啊啊！」

身體離鏡面越近，小紅的聲音就越尖銳刺耳，整隻鬼肉眼可見慌張起來。

然而她的反應卻更加驗證了唐心訣的猜測，就在橡膠頭即將拔出鏡子的瞬間，灌注在馬桶吸盤上的力量驟然增加到極致，一隻濕漉漉的女鬼頭顱被硬生生扯出鏡面。

小紅還在尖叫：「妳會後悔的！我要讓妳們生不如死，受盡折磨……咕嚕嚕……」

從橡膠頭裡噴出的水淹沒了嚎叫聲。

唐心訣勾了勾嘴角，扯起一絲沒有笑意的弧度：「躲在鏡子裡喊多沒意思，大家面對面好好談談，新仇舊怨一起算——」

「咕嚕嚕！咕嚕嚕……」

連著腦袋的脖子和手臂也被拽出鏡子，小紅終於危機感大作，放棄辱罵試圖縮回雙手，然而一股力道隨即鉗住她的手臂，死死壓到洗手檯上。

唐心訣：「再掙扎的話，下一次馬桶吸盤拽的可能就是妳的頭髮了。」

小紅：「……」

毀容還是變禿，這是一個問題。

不過她很快就沒有時間思考這個問題了，唐心決已經無情地薅出她一半身體，隨後馬桶吸盤力道一轉，將她大頭朝下壓進了水槽內。

馬桶吸盤嘗試吞掉這隻鬼，但對方的實力等級超出它食譜上限，未果後吐出幾縷腐爛海藻般的頭髮。

小紅：草泥馬，我毀容了，也變禿了。

唐心訣雙手按在塑膠柄上，低聲道：「如果我想的沒錯，妳的能力之一應該是能模仿考生，當妳『模仿』成功，除了擁有和考生同樣的身體面貌，也會共用對方的生命。如果妳在鏡子裡受了傷，被妳模仿的人也會受到同樣傷害。」

這也是為什麼在變作唐心訣後，小紅會突然做出要自殘的動作——鬼怪拆碎成百八十塊也能存在，人一旦被判定為身首分離，就活不成了。

說到這裡，唐心訣目光落在女鬼兩條手臂上：「既然妳能模仿我們，那將妳模仿過後的身體拆解下來，是不是也能給我們用？」

小紅：？

她重新支起力氣，咯吱咯吱想要抬頭，想看一看這個令鬼髮指的變態。

唐心訣已經在量手臂的長度了：「以馬桶吸盤現在的銳利程度，未必切不下來……」

剛剛斷了一隻手就要被猝不及防安排補肢的鄭晚晴：「……等，等等！」

她晃了晃自己的手臂，被噴劑止住血後，傷口橫截面已經迅速結了一層痂，雖然仍舊令人心驚，卻比最初不停噴血時好了很多。

或許是因為失血太多，鄭晚晴嘴唇透出灰白色，身上血淋淋的淒慘程度不亞於小紅，但並不妨礙她瞪起天生的歐式雙眼皮，銳利有神的目光扎在小紅身上：「我不想用她的手。」

呵，人類就是矯情。小紅在頭髮裡翻了一個不屑的白眼。

旋即，貌美少女聲音渾厚有力：「把鬼怪切成碎塊，像幻魔殘肢一樣凍成冰塊，能放在身上當附魔鎧甲嗎？」

她在學生商城根本找不到合心意的鎧甲，實在太貴了。

感受到從側面投過來的灼熱視線，小紅：「……」

妳們六〇六寢室還有沒有一個正常人？

張遊出聲勸阻：「我們剛進副本，現在就對副本NPC下手，可能會影響劇情？要不然先逼問她更多副本的資訊，等到最後再下手也不遲。」

話音落下，頭髮堆積的水槽裡飄出一道幽幽女聲：「我沒聾。」

寂靜空氣中，小紅緩緩抬起手臂，在洗手檯上拍了兩下。

對戰中拍擊地面，代表實力不支而認輸。

這次不用唐心訣繼續拽，她自己從鏡子裡爬了出來，濕漉漉紅裙抱著雙腿，整隻鬼非常幽怨地蜷縮在洗手檯上。

「妳們要問什麼？」

從鏡子裡出來後，小紅整隻鬼的陰森感少了很多，給人的壓迫感也有所下降。

唐心訣杵著洗手檯端詳：「鏡內空間會增強妳的力量，一旦離開鏡子，妳的力量就會衰退。」

對上女鬼敢怒不敢言的目光，唐心訣又點點頭：「應該不僅僅是這樣，畢竟按照規則，整個副本應該都是妳的主場。所以真正讓妳恐懼的，不是離開鏡子，而是在沒有完成我的死亡條件前離開鏡子。」

小紅開局就出現在她的鏡子裡，證明她被選為第一個殺死的對象，按照電影劇情，殺死她是鏡中鬼的任務。

「按照正常劇情，應該是我被拖入鏡內，妳的力量得到增強，然後再殺死下一個人……」

只不過很不湊巧，唐心訣的異能剛好壓制小紅，又因為是老熟人，一照面就提前猜出對方的能力，以至於現在情況完全逆轉了過來。

不再掌握資訊差的鬼怪，就像被提前劇透的恐怖遊戲一樣，危險度大大降低。

小紅翻了個死魚眼：「話都被妳說完了，我還能說什麼。」

唐心訣斂沉目光：「不，殤櫻紅同學，妳能說的還有很多，比如怎樣讓我室友的手臂恢復正常，又比如，如何在不觸發死亡條件的情況下結束副本。」

小紅又翻了一個巨大白眼，「不要叫我這個名字！哼，如果我現在還在鏡子裡，這也是個死亡條件……哦，前提是外面的人不是妳。」

女鬼頓時覺得鬼生索然無味：「至於妳室友的手臂，和我有什麼關係？又不是我卸掉的，我當然也沒辦法還給她。就算妳真的砍了我的手臂，也沒辦法幫她裝上，除非妳能當場做手術……等等，妳不會是醫學生吧？」

它緊張地觀察了一下環境，看見四人不像是能下一秒從口袋裡掏出手術器材的樣子，才又懶洋洋窩回去：「我能說的就是這麼多，就算沒有我，妳們就安全了嗎？呵呵呵，這個副本真正難以解決的，可是劇情啊。」

「妳們不死，劇情會結束嗎？」

見四人沉默，女鬼青白色的臉上又浮現充滿惡意的欠揍笑容，唐心訣與之面無表情對視兩晌，忽地說：「所謂劇情，展現在電影中，就是人物一個接一個被鏡鬼殺死。」

「但從邏輯上，這一劇情轉換到副本中，是不成立的。尤其在一個C級副本裡，如果一定要考生全部按照流程被殺死才能結尾，那我可以合理懷疑它對我們進行了難度詐騙。」

「所以換一個方向來看，如果每個人物的死亡都是一個『環節』，將電影中每個人的死亡過程進行統計對比，可以拆解為兩個動作：一個東西從鏡子裡出來，一個東西進入鏡子內。」

女鬼從鏡內伸出手，將獵物拖入鏡內，代表一個環節的結束。

沿著唐心訣的思考方向，張遊也雙眼一亮：「……但是電影沒有規定這個環節進出的對象！」

換而言之，如果進進出出的全是女鬼自己，是否也能判定劇情完成，合理通關？

四道熾熱的目光，同時落在小紅身上。

副本內唯一可以自由進出鏡子的紅衣女鬼，小紅：「……」

它不敢置信地抬起頭，還沒來得及開口，手就忽然被唐心決攥住，推到了鏡面紅線之外。

唐心決點點頭：「毫髮無損，針對考生的死亡規則對NPC不起作用。」

這就意味著，她們雖然不能離開自己的位置，但是小紅可以自如行動。

「那麼接下來試驗的是……」她重新舉起馬桶吸盤，「變成我的模樣。」

看到橡膠頭，為了不自討苦吃，小紅下意識變出唐心訣的五官，然後忽然意識到：

「等等，妳要幹什——」

馬桶吸盤氣勢如虹，直接把女鬼的臉重新捅進鏡子裡。

然後是頭顱、四肢……

隨著濕漉漉的身軀重新沒入鏡內大半，一股陰冷從橡膠頭傳上來。

果然，一旦回到鏡內，鬼怪的力量就會得到大幅增加。

小紅也感受力量恢復了，臉色一喜，立刻手腳並用要鑽回鏡內，試圖籍此機會逃之夭夭。

就在她馬上要完全進入鏡子裡時，忽然從後腦傳來一股極大的拉力，隨著「刺啦」一聲，整隻鬼頓時一僵。

唐心訣的溫聲細語從鏡外傳來：「不好意思，刮到妳幾根頭髮。」

說這句話的時候，她抻了抻手，掌心一大把脫落的黑髮掉進水槽，另一半連著女鬼的頭皮，搖搖欲墜。

小紅：妳特麼說這叫幾根？

就在她動作停滯的短暫時刻，馬桶吸盤已經斜刺裡攔住脖子，將她重新挑了出來，整隻鬼跌坐在洗手檯上，彷彿剛剛短暫的希望只是一場夢。

沒過兩秒，敏銳的感官捕捉到環境發生變化，唐心訣抬眼望去。

在她正對應的鏡面位置，兩邊的紅線竟無聲無息消失了，鏡內出現她正常的倒影，從裡面生出的壓抑陰冷感也消散無蹤。

唐心訣毫不遲疑脫下外套，放在洗手檯上緩緩推出，一直推到鄭晚晴的位置。

其他三人屏住呼吸。

當外套被抽回，既沒有憑空消失也沒受損。唐心訣眉心一跳，再嘗試伸出時換成了自己的手。

鄭晚晴還是擔憂：「小心！」

一著急，她差點忘了自己已經沒了隻手臂，還想去接唐心訣，等到腰都探下去才想起自己沒有手這回事。

斷截的手臂在空中徒勞無功晃了兩下，顯出幾分茫然。

唐心訣已經成功收回手，依舊完好無損。

這次她銜了張防護符在口中，一邊拖著小紅一邊抬腿走到鄭晚晴身邊，完完整整進入這方鏡子後，又繼續向前走。

從鄭晚晴、張遊到郭果的位置，沿著洗手檯外側走了一遍，唐心訣這才確認：「我現在也可以在這裡正常行動了。」

透過方才的一進一出，副本規則已經判定她在劇情中「死亡」，不再受規則限制。

見這種方法真的有用，洗手間內氣氛頓時一振。

鄭晚晴迫不及待：「快把我這個也搞走。現在空間太小，我想用『沙包大的拳頭』都用不了。」

郭果憤怒的喊聲立刻從最遠處刺過來：「大小姐妳停一下！妳手都沒了一半，還想用拳頭！」

鄭晚晴假裝聽不見，要不是她現在不方便，大概就直接上手薅女鬼了。

宛若人形抹布般在洗手檯上被拖來拖去的小紅：「……」

不行，它忍不了了。

沒有鬼能承受這種屈辱！

小紅猛地伸出手，脖子以離奇的弧度調轉一百八十度，抓住唐心訣的手臂：「慢著！我有其他方法，可以同樣讓妳們通關！」

見少女瞥來目光，它連忙繼續講：「這種方法也很快，我親自操作保證成功率百分十九十九，只要妳們忍受一下，用某一個身體部位消失來換，比如手指、耳朵、腳趾……」

唐心訣移開目光，繼續把她往前拖。

「等等，妳們真的不考慮一下嗎？只要放開我我就幫妳們做！只要——」

這次馬桶吸盤直接堵嘴，在小紅幽怨無比的死魚眼中，再次沒入鏡內。

五分鐘後，鄭晚晴和張遊周身桎梏相繼解開，張遊連忙翻出口袋裡的療傷藥符，把鄭晚晴的傷口纏成木乃伊球，又倒出一瓶水和一盒餅乾，讓失血過多的室友補充力氣。

最後，她從口袋裡掏出一捆麻繩，和唐心訣一起把小紅結結實實綁了起來。

小紅破口大罵：「都有錢買空間袋，還來C級副本欺負鬼，妳們這屆考生真垃圾！」

張遊抽出一張眼鏡布擦眼鏡：「我這只是普通口袋而已。看來妳生前連如何整理東西都不會，怪不得死後筆記本、手機亂扔，連自己的頭都能弄丟。」

一提到手機，小紅立刻被戳到肺管子，臉黑得如同鍋底，「要不是妳們拿走我手機亂傳訊息，還害得我沒了身體，我也不會到這個破副本裡……」

唐心訣不為所動：「如果妳不想再次降職，就少說廢話。」

小紅閉嘴了。

最後一個極待解鎖的是郭果。

就在小紅又要假裝郭果的模樣進入鏡內時，郭果忽然喊了停。

她轉頭對一旁的鄭晚晴說：「等劇情結束它就要跑了，我不著急解鎖，妳先報個仇再說。」

她指的報仇，是鄭晚晴缺失的半截手臂。

說完，郭果後退一步，把位置讓給鄭晚晴。

正貼著鏡子百無聊賴等待的小紅：「……」

它一言難盡地抬頭，遮住燈光的陰影下，鄭晚晴神色莫辨的臉映入眼簾。

鄭晚晴抬起左手，露出沙包大的拳頭。

「啊啊啊啊啊！」

小紅慘叫起來，不是因為被揍，而是因為沙包大的拳頭揪住它的頭髮，狠狠向外一拽，讓鬼怪最後為數不多的髮絲也慘烈犧牲。

把頭髮一扔，鄭晚晴拍了拍手臂，對郭果說：「好了，現在她沒了頭髮，就算再變成妳的臉，也只是一個和妳長得像的禿子而已。」

唐心訣和張遊點頭贊同。

她們知道，第一場考試結尾，小紅用無臉人頭取代郭果面孔的操作，讓郭果留下了巨大的心裡陰影，甚至有時照鏡子都會擔心San值下降。

現在拔小紅的頭髮，不僅是報復，也是打破郭果腦海裡的恐怖印象，讓她放下這段耿耿於懷的回憶。

郭果神情果然有些微妙的變化，不過很快她又臭屁地搖頭：「沒事，我這麼獨特的氣質，它也模仿不了。」

小紅氣得咬緊牙關，連幾縷藕斷絲連的頭髮都不要了，一個猛扎悲憤地回到鏡子裡。

『叮！電影觀看進度已經到達百分之百……現在開始觀影問答測試！』

『請問，電影的鏡中鬼叫什麼名字？』

『A、冰藍藍。』

『B、莉娜綠。』

『C、琉璃紫。』

『D、殤櫻紅。』

四人對視一眼，異口同聲：「殤櫻紅！」

小紅在鏡子裡惡狠狠畫圈詛咒她們。

『叮，回答正確！現場鑑賞環節已開始，請考生在六十分鐘內寫出關於該電影的觀後心得，字數不少於一千兩百字。』

觀後心得字數又一次上漲了。

聽到考試提醒，小紅一愣，旋即嘎嘎大笑：「哈哈哈，一小時手寫一千二百字觀後心得，怎麼可能寫得出來？」

「活該！讓妳們把我當通關工具！難死妳們！」

唐心訣沒理她，取出紙筆，就著洗手檯寫出一行字：「我寫六百，張遊、郭果妳們一人三百。鄭晚晴手不方便，負責盯著小紅就行。」

「我們這次的觀後心得題目是……」

「以避免鬼怪築巢為例，論修理鏡子對洗手間美觀與可持續使用的重要意義。」

小紅：什麼用詞？還築巢？我是蟲子嗎？

她目瞪口呆看著幾人飛速進入狀態，非常不甘心地伸出頭，想看看唐心訣寫了什麼，結果頭伸得太長，一不小心啪嘰掉在唐心訣紙上。

唐心訣面無表情：「干擾考生觀後心得寫作，可以判為違反考試規則嗎？」

小紅連忙縮脖子：「等等我不是故意的！我現在就回去——咦？」

它忽然停下動作，頭又往唐心訣懷裡探了探，鼻頭翕動，死魚眼瞬間瞪圓：「我就說怎麼感覺妳身上有奇怪的東西……原來是一個標記？」

唐心訣手上一頓，掀起眼皮看它：「什麼標記？」

小紅聞了片刻，揚起嘴角，露出咧到耳根的誇張笑容：「原來妳不知道呀……這是一個來自高階的標記，代表有人記住了妳。」

「被標記後，妳的行動軌跡會不知不覺向它靠近，直到再次見面為止，咯咯咯……」

「換句話說，妳被盯上啦！」

說完這句話，彷彿害怕唐心訣嚴刑逼供一般，小紅飛快縮回了鏡子裡，從邊緣露出一半慘白的臉，警惕地盯著她。

唐心訣卻沒表現出它希望的驚懼疑惑等反應，反而毫不遲疑拿起筆，繼續寫觀後心得。

等了半天，小紅不甘心地問：「妳不好奇是誰留下標記的嗎？」

唐心訣頭也不抬：「很顯然，妳並不知道。」

小紅：「……」

媽的好氣。

但是用它光禿禿的腦袋轉念一想，這標記來自高階鬼怪，唐心訣和她室友這幾個變態考生還在C級副本，能接觸到高階鬼怪已經十分罕見，肯定第一時間就能鎖定對方的身分。

剛幸災樂禍沒兩秒，小紅臉就垮了下來：所以原來現在，只有它不知道答案？

小丑竟是我自己.jpg！

沒過多久，筆尖沙沙聲一停，唐心訣擱下筆：「寫完了。」

正在啃手指的小紅猛地抬頭，為數不多的髮絲被甩到後腦勺：「我不信！妳怎麼可能寫的這麼快？？」

沒過幾秒，張遊和郭果也相繼完成各自的字數，此時距離倒數計時結束還有三十多分鐘。

三張紙拼在一起，雖然內容邏輯不通，但也正因如此，乍一看竟然能完美契合，組合成一篇完整的，胡編亂造的觀後心得。

小紅瞪著這篇觀後心得，彷彿要把眼珠瞪出來。

郭果還補刀：「幾百字編一編很容易呀，妳這麼驚訝幹什麼？難道妳生前寫不出來嗎？」

郭果理直氣壯，彷彿完全忘記自己也死活編不出觀後心得的第一部電影。

小紅臉色由白轉青、由青轉黑，卻沒像以往一樣氣急敗壞地尖叫反駁。

郭果意識到什麼：「哇，妳真的寫不出來？」

如果小紅自己不會寫，那怪不得會篤定別人也寫不出來了。

女鬼一噎，如同被踩了尾巴：「我不是，我沒有！妳們這些該死的學生，寫作文厲害有什麼用？反正已經被高階標記，離死不遠了！」

話音方落她又敏捷地竄回去，時刻防備唐心訣的馬桶吸盤。

郭果三人卻對視一眼，轉向唐心訣：「說到這件事……」

她們剛剛不想打擾唐心訣思考，一直憋著沒說，現在既然已經快脫離副本，心中好奇也按捺不住了。

唐心訣點點頭：「它應該沒有說謊。我剛剛感受了一下，雖然並不明晰，但的確隱隱能察覺到一絲異樣。如果真的是高級NPC所為，那以我們現在的實力，察覺不到也很正常。」

三個室友面面相覷。

問題是，究竟是誰做的標記？

幾人開始回憶這幾次考試。

第一個考試首先排除，除了小紅就只有一個超市老闆NPC，能讓張遊逃脫回來，並不像是小紅所說的高階鬼怪。

第二場考試「四季防護指南」的NPC數量直線上升，除了學生會、工作人員休息室、還有無數遊魂、十二個收割者……

幾人沉默須臾。

第三場考試則分為不同的電影副本，從全員惡人的班級，到背景故事較為複雜的無頭鬼，光是有名有姓的NPC就超過十個。

張遊思考道：「如果這個標記為真，那麼必須同時符合兩個條件。一則對方應該是BOSS級別，有做出標記的能力，二則與心訣有過交集，甚至是結仇。」

僅僅是這兩點，無論是被檢舉的收割者，還是表現怪異的李小雨，甚至是神祕的學生會團夥、傳播詛咒的猥瑣邪修……都不無嫌疑。

看著幾人陷入沉思，一副難以抉擇的模樣，小紅也沉默了：「……妳們進遊戲到現在才幾場考試，竟然能得罪多個高階鬼怪？」

不過，一想到連高階都要吃癟，小紅的心態竟然詭異的平衡不少，甚至還有點幸災樂禍。

眼見副本即將結束，它難得不再歇斯底里，而是抱臂道：「雖然妳們又討厭又變態又不擇手段，但是好歹看在我們曾經當過兩天『室友』的情分下，給妳們一點提示——」

「不要以為兌換點道具，有點本事就能活到最後，妳們現在只是最底層的可憐菜鳥而已。想知道怎麼活下去嗎？變強，以超越所有人的速度變強，然後……」

女鬼詭異地挑起嘴角：「然後妳們就可以在更加困難的關卡裡，光榮死掉啦！」

鄭晚晴聽了想打人：「妳什麼意思啊，說我們肯定活不到最後嗎？」

「咯咯咯，我可沒這麼說哦，劇透的NPC是要受到懲罰的，我只是幫妳們展望一下美好的未來而已——」

唐心訣按住室友，平靜地看著小紅：「比起在這搞我們心態，妳還是努力工作，早點找到機會植一下頭髮比較好。」

不剩幾根毛的小紅：「……」

「當然，如果想從此走光頭路線，妳也可以透過以下方式——比如，幫我們的觀後心得打一百以下的分數。」

不給小紅思索對策的機會，唐心訣舉起紙：「申請提交觀後心得。」

果然，提示聲響起：『叮！本次觀後心得，將由鏡鬼NPC為考生打分！』

看看近在咫尺的馬桶吸盤，又看看虎視眈眈的四個女生，小紅氣成河豚，又不得不忍氣吞聲給出了分。

『考生的最終得分是：一百分！』

『恭喜考生，獲得「完美」評價，成為該電影考核測試中首位成績完美者，可獲得特殊獎勵：一面神奇的鏡子、成員能力覺醒機率疊加提升、教育家的讚賞。』

前所未有的豐厚獎勵在光芒中降落，四人被籠罩在其中，環境開始崩塌消散。

在抽離之前，唐心訣問出最後一句話：「殤櫻紅同學，妳以後會一直在這個副本工作嗎？考生能重複進入同一個副本嗎？」

小紅：「……滾啊！」

『寢室成員個人評價載入中……』

『姓名：唐心訣。』

『關卡：《經典電影鑑賞》。』

『輸出：91%。』

『抗傷：12%。』

『輔助：21%。』

『有效得分：四分。』

『解鎖成就：十九個。』

『最終評價：極端輸出型MVP。』

『輔導員溫馨提示：請不要偏科哦！（已開啟偏科輔助計畫）』

唐心訣再次從腦海中讀取到個人評價時，卻發現這張評價表變得不一樣了。

因此睜眼後，她的第一個反應就是打開手機，重新看了評價表一遍，最後將目光集中到最底端多出來的一行字上。

旁邊醒來的室友也驚訝開口：「輔導員提示，偏科助力計畫？這是什麼？」

第十章　技能融合

同時發出疑問聲的，是張遊和郭果二人。

兩人都捧著手機一臉茫然，郭果撓頭：「我這裡多出了一個輔導員評價，讓我不要偏科，還說開啟了一個什麼，偏科助力計畫？」

聽著就不像什麼好東西。

三人目光交匯，發現只有鄭晚晴沒出聲，立即轉頭去找，卻看見鄭晚晴的身體趴垂在桌前，鮮紅的血滴沿著她的袖管一滴滴向下落。

椅子發出刺耳嘩啦聲，幾人起身撲去，張遊連被絆了個踉蹌都顧不上，拿出第二顆止痛藥丸塞進鄭晚晴緊閉的嘴裡。

「咳咳……」汗珠這才停止從蒼白額頭上滲出，鄭晚晴睜開眼，似乎因失血過多而難以集中焦距：「我的手臂，還是沒回來？」

無論是撕心裂肺的劇痛，還是空落落的身體感官，讓她不用去看就明白了這一事實。

看著沉默不語的室友，鄭晚晴扯出一點笑：「沒事，等我有錢了就買鋼鐵俠鎧甲，少隻手也不影響什麼。郭果，妳別哭啊，我以前怎麼和妳說的，我們未來可是社會的中流砥柱，要充滿剛強，不能動不動掉眼淚。」

郭果一邊無聲地抹眼淚，一邊打開學生商城，瘋狂滑動醫療類商品。

「遊戲肯定有方法讓妳恢復，少一隻手怎麼逃生啊嗚嗚嗚，我一定能找到……」

「找到了！」

郭果真的找到了一種可以活死人肉白骨的丹藥，看到價格的瞬間又哭了：「五百積分，嗚嗚嗚垃圾遊戲，還要限制二本大學才能購買？」

她們現在還處於「三本大學」階段，就算能湊夠積分也買不了。

張遊這邊已經再次用止痛和止血的藥品處理了鄭晚晴的傷勢。數了剩餘的藥，她神色也很凝重：「這些藥雖然效果強，但都有時間限制。我們手裡數量有限，必須補充一大批新的。」

至少，要足夠用到鄭晚晴傷口癒合為止。

唐心訣沉眸，「總之，我們先把上場考試的獎勵領取完吧。」

『考試完成度：100%。』

『寢室成員存活率：100%。』

『寢室完整度：100%。』

『基礎得分：70分。』

基礎得分加兩個「高分觀後心得」的附加分獎勵，系統很快核算完成：

『此次您的《經典電影鑑賞》考試（C級難度），總共得分80分（滿分100），評價等級為：優秀！』

『C級考試獎勵：每位寢室成員獲得二學分，十六學生積分，健康值上限增加十，四維體質分別隨機增加一至三。』

張遊飛快算了算手裡的積分：「現在我還有二十七分。」

而學生商城中，最便宜的止痛藥丸也要一積分一顆。

「不能一直靠短期止痛藥。」唐心訣搖頭，她在手機上點了點，一個通體黑色的小瓷瓶出現在手中。

『王記黑玉斷續膏：治療跌打損傷腰背痛，重度傷殘大出血，三十積分一瓶，買不了吃虧買不了上當。』

「這個藥效可以讓傷口止血癒合，以最快的速度恢復行動力。」

唐心訣拔出木塞，濃濃的中藥味在寢室內飄散。

鄭晚晴卻睜大眼睛：「這個我自己來買就行！妳怎麼用自己的積分買了？」

那可是整整三十積分啊！聽著就肉痛。

唐心訣瞥她：「買完這瓶藥，我還有六十多積分，妳買完這瓶，還剩多少？」

鄭晚晴：「……」

雖然無言以對，她還是慫慫道：「可還是太貴了……」

唐心訣：「那妳就要用最好的藥，以最快的速度恢復，這樣才能以後賺更多積分還我們。」

郭果猛點頭幫腔：「對對對，所以大小姐妳這幾天就好好休息，別見到什麼就想莽上去，傷病人員要有自我保護意識，知道嗎？」

鄭晚晴如遭雷擊：「可我是坦克！」

躲在別人後面怎麼能叫坦克呢？

說到這點，唐心訣忽然想起來：「晚晴，妳的個人評價後面，有多出來的輔導員提示嗎？」

鄭晚晴還沒看，她用左手打開評價表，瞪大眼睛看到最後：「……真的有？」

只不過她手機裡顯示的，和唐心訣三人的不太一樣：

『輔導員溫馨提示：輕度以上傷殘障礙可能影響考試成績，治療需抓緊時間哦！』

鄭晚晴：謝謝，你是來故意氣我的吧？

四人把這場考試全部成績和評價都翻了一遍，還是沒找到除了這句話外，有關輔導員提示的隻言片語，更不用說「偏科輔助計畫」的相關資訊。

這麼看來，好像只是莫名其妙多出了一句看起來關照，實際毫無意義的廢話。

思緒落入考試的種種細節中，唐心訣皺起眉：「不，一個事物突然出現，必定有它出現的原因。」

到底是什麼導致了變化？

很快，思緒定位在最後一場副本，她們由觀後心得得到的特殊獎勵上。

唐心訣目光微動，脫口而出：「教育家的讚賞！」

手機螢幕上，浮動著四個湛藍色的禮包。

四個禮包，分別對應她們從電影副本得到的特殊獎勵：獲得能力機率提升*2、隨機技能卡、一面神奇的鏡子。

唯獨「教育家的讚賞」並沒出現禮包，那麼多半從她們獲得的那刻起，就已經生效了。

「因為『教育家』給了某些考生讚賞，所以『輔導員』也會對她們投以特別的照顧，比如，在個人評價表後增加一句貼心的提示。」

用了「鑑定」技能後，唐心訣從語焉不詳的解釋中，總結出這句話。

那麼由此來看，所謂輔導員提示就多半不是廢話，而有其獨特的寓意。

郭果思考不出個所以然，頭痛地揉了揉太陽穴，率先放棄。

她縮起脖子：「不知道為什麼，我總感覺被輔導員特殊關注到，好像不一定是好事……」

唐心訣和張遊交換了目光，不置可否。

郭果的預感總是很準。

但她們只能專注於當下，比如，打開手機裡四個禮包。

副本裡令人如浴春風的藍色光芒還歷歷在目，四人屏住呼吸，同時點擊螢幕。

四個禮包同時旋轉起來，然後絲帶掉落，一道柔和沁涼的力量落入腦海，禮包消失。

幾人還沒來得及感受這道玄妙嶄新的力量，新的訊息就從空氣中忽然彈出，落到所有人眼前：『恭喜你們，獲得了一面神奇的鏡子！』

四人面面相覷。

鏡子呢？

鏡子沒見到，訊息倒是再次彈出：『是否將它放入寢室？放入後，它將與寢室綁定。』

沒怎麼猶豫，她們點擊了確定。

旋即，靠近陽臺的洗手檯位置，響起一道輕微的嘭響。

走到近前，只見洗手檯上方的鏡子已經煥然一新：邊框變為細窄的紅木，鏡面光潔平整，把整個洗漱區域襯托得精緻許多。

「這就是，一面神奇的鏡子？」

張遊細細觀察半晌，伸手觸碰鏡面，手卻瞬間沒入鏡內。

幾人頓時一驚，卻又見張遊完好無恙將手抽出，臉上有幾分驚喜。

然後她毫不猶豫抓起一根牙刷，又送入鏡內。

『有新的物品已被儲存：1／10。』

提示在腦海中出現，四人立即明白了這面鏡子的神奇之處。

原來，在沒人看得見的地方，鏡內有一個獨特的存儲空間！

「只可惜裡面好像是按照份數算的，最多只能放入十樣東西。」

經過迅速試驗後，張遊得出結論。

這就意味著，鏡子用來存儲的物品是十分貴重的，且能有效起到防護作用——因為只有她們能存取。

在鏡子前研究許久，幾人回過神來：「這只是四個禮包中的一個……其他三個禮包呢？」

尤其是「成員能力覺醒機率提升」，這可以說是幾人最關注的獎勵。

唐心訣感受了下：「我沒有新的異能出現。」

識海裡依舊只有一個馬桶吸盤的小圖示，安安靜靜待在原地。旁邊則是已經澈底黯淡下去的「正道的光」Buff。

就在她們疑惑之際，張遊忽然出聲：「我得到了一個新能力！」

她調轉手機螢幕：『對物資十分執著的你，每天都會後悔：為什麼遊戲降臨的那一天，你沒有提前回到寢室一起採購？這樣你心大的室友們，就不會只買一點點生活用品了——恭喜你，覺醒了自己的天賦異能！』

『舊物回收：每場考試結束後，可隨機獲得一樣已通關考試的物品。』

將異能資訊念完，張遊閉上眼，似乎感應到什麼，向空氣中伸出雙手——

而後，一支粉色小巧的手機，就從空氣中掉入她的掌心。

這是……

唐心訣三人看著熟悉的物品，同時開口：「小紅的手機？」

張遊一臉茫然，順著三人的目光看向自己掌心的粉紅色翻蓋手機。

第一場考試她全程在外打野，自然不清楚小紅留在寢室內的幾樣物品。

待到唐心訣簡單講述一遍，她才恍然大悟，看向手機的目光頓時有些詭異。

屬於鬼怪NPC的手機，被她的異能強行「回收」了？

唐心訣甩下一個「鑑定」：

『小紅的手機：在那個非主流的年代，很多人都以有一支貼滿粉鑽的翻蓋手機為榮，這部手機的原主人殤櫻紅（已黑化）也不例外。』

看來確實是它的手機沒錯了。

室友們不太敢動，畢竟她們還記得接觸鬼怪物品後San值會下降，唯有不怎麼受影響的唐心訣能放心拿起來使用。

按下開機鍵，熟悉的手機螢幕出現。只是螢幕上多了一道裂痕，看起來像是經過摔打導致。

毫無疑問，小紅在看見唐心訣傳給手機聯絡人的簡訊後，發過一番不小的脾氣。

此刻打開，聯絡人列表由原本的四個號碼變為五個：親愛的、閨密小綠、輔導員、超市老闆、維修工。

再次看到「輔導員」這個聯絡人名稱，幾人目光一頓，出現了微妙變化。

對啊，她們當時怎麼沒注意到？

首次看到輔導員這個名稱，並不是在方才的個人評價裡，而是在第一次考試中，小紅的手機通訊錄內！

那麼，小紅手機裡的這位「輔導員」，和她們評價表中的，會不會是同一個人？

一個大膽的想法不約而同升起。

郭果一看眼神就知道室友在想什麼，頓時頭搖得像波浪鼓：「不行不行不行，萬一對面是個鬼怪大BOSS，打電話過去觸發了死亡條件怎麼辦？」

張遊沉吟道：「從某種角度來看，輔導員或許比鬼怪BOSS還要可怕。因為從這個稱呼的性質來看，它應該和『教育家』一樣，屬於遊戲規則的支配方。」

郭果：「……那就更不能主動招惹啦！」

鄭晚晴眼中卻跳動著躍躍欲試的火苗：「如果這通電話成功了，我們不僅能直接知道輔導員提示的含意，或許還能瞭解更多關於遊戲的資訊呢？」

四雙眼睛同時盯著聯絡人畫面，既充滿好奇，又不敢輕舉妄動。

唐心訣打破寂靜：「既然舉棋不定，那我們不如先做個試驗。」

她拉下列表，點進另一個聯絡人「閨密小綠」的號碼，點擊撥通。

小紅、小綠，從名字來看，應該是同一等級的NPC，相比起其他聯絡人，小綠對現在的四人而言危險性較低，用來試驗也最合適。

手機嘟嘟響了幾聲，響起機械聲：『對不起，你撥打的電話現在不在服務區，請連接訊號後再撥……』

電話掛掉，幾人不知是該慶幸還是失望。

顯然，此時的寢室並不屬於副本的服務區範圍內，也聯絡不上副本裡的NPC。

「看來就只能等到進副本再說了。」

達成共識後，幾人將小紅的手機暫時放入「一面神奇的鏡子」裡，成為裡面第一個光榮儲存的物品。

直至此時，唐心訣、郭果和張遊已經相繼擁有了異能。鄭晚晴有點羨慕，她只有一個「沙包大的拳頭」，還是從商城兌換的攻擊性技能。

現在右手缺了手臂，技能只能施加在左手上，不僅攻擊力大打折扣，連日常生活也受到影響。

但是轉念一想，觸發死亡條件後只損失了一隻手臂，還有神仙室友的醫療幫忙，她已經很幸運了。

微微沮喪後，鄭晚晴很快就精神抖擻起來，邊啃餅乾邊用左手滑手機，看看自己的評價資訊，能不能想出好東西。

滑著滑著，她進食動作一頓，餅乾掉落，

「我這裡怎麼得到了一張隨機技能卡？」

繼神奇的鏡子、能力覺醒機率後……最後一個禮包，竟然隨機到了她這裡。

室友頓時打起精神。

郭果邁著小短腿從最遠處跑過來，嘴裡還嚷嚷著，妳在此別動，我幫妳禱告一下洗手焚香之類的話。

毫不意外的，鄭晚晴連聽都沒聽完，就點開了技能卡。

『叮——恭喜你獲得隨機技能：「沙包大的拳頭」！』

「……」

唐心訣伸手接住差點摔倒的郭果，問鄭晚晴：「如果我記憶沒錯亂，這個技能是妳已有的吧？」

鄭晚晴愣愣點頭：「是的。」

千算萬算沒想到，撞技能這麼小的機率竟然也能發生？那她現在豈不是有兩個大拳頭？

可她現在只有一隻手啊？

就在糾結之際，新技能落入個人資訊欄，並沒有與原本一模一樣的技能並列，反而在出現的瞬間就像兩顆相遇的水滴，融合到了一起。

『重複技能疊加，進化出新技能：「鐵鍋大的拳頭」！』

下一瞬，鄭晚晴不由自主舉起右手，只見空落落的前臂處，竟出現一道巨大的拳頭虛影。

虛影很快變得凝實，緊握的手指慢慢張開，材質真的如同鋼鐵一樣，只是看起來似乎有些年頭了，手指生澀地張開又握住，還簌簌向下掉了兩塊鐵鏽。

郭果瞬間淚奔：「大小姐！妳的手怎麼變成這樣了啊！」

同一剎那，鄭晚晴欣喜若狂：「我有手臂了！好酷哦！」

郭果：「……」

算了，人類的悲歡並不相通。

忽然獲得手臂的鄭婉晴高興得不行，連失血過多的虛弱都暫時克服，在寢室裡蹦蹦跳跳，嘗試使用自己「鐵鍋般」的新手臂。

然而她沒高興多久，約莫十五分鐘左右，新手臂就又緩緩消失，變成了虛影。

技能並非永久性，而是有使用時限的。

「這一技能和異能有些類似，等級越高，能力就越強。只不過差別是，技能可以透過消耗積分，在商城兌換相同技能來融合升級。」

唐心訣立即研究了一番，將結果陳列出來，方便鄭晚晴清晰理解。

短短一刻鐘，鄭晚晴已經被自己的鐵鍋手臂深深吸引了，她當即拾掇自己全部積分，發現只有二十五分，而購買一個「沙包大的拳頭」需要三十積分。

再次自閉。

「沒關係，我們還有抽獎和成就點兌換呢。」郭果靈光一閃，當即提醒道。

每一次考試的獎勵，除了基礎積分、屬性提升外，最不確定也是最特殊的部分，就是透過「有效得分」獲得的抽獎機會。

喜慶的紅色轉盤置頂在商城最上方，同時也無情地劃分出歐皇與非酋的分水嶺。

只要歐到一定程度，哪怕考試攢下的積分再少，也有逆風翻盤的可能性。

抽獎人，抽獎魂，歐皇就是抽獎人！

——《宿舍大逃亡02經典電影鑑賞》完——

——敬請期待《宿舍大逃亡03公路旅行須知》——

高寶書版集團
gobooks.com.tw

YS 042
宿舍大逃亡 02 經典電影鑑賞

作　　者　火　茶
責任編輯　吳培禎
封面設計　單　宇
內頁排版　賴姵均
企　　劃　何嘉雯

發 行 人　朱凱蕾
出　　版　英屬維京群島商高寶國際有限公司台灣分公司
　　　　　Global Group Holdings, Ltd.
地　　址　台北市內湖區洲子街88號3樓
網　　址　gobooks.com.tw
電　　話　(02) 27992788
電　　郵　readers@gobooks.com.tw（讀者服務部）
傳　　真　出版部(02) 27990909　行銷部 (02) 27993088
郵政劃撥　19394552
戶　　名　英屬維京群島商高寶國際有限公司台灣分公司
發　　行　英屬維京群島商高寶國際有限公司台灣分公司
法律顧問　永然聯合法律事務所
初版日期　2025 年06月

原著書名：《女寢大逃亡》由北京晉江原創網絡科技有限公司授權出版。

國家圖書館出版品預行編目(CIP)資料

宿舍大逃亡. 2, 經典電影鑑賞 / 火茶著. -- 初版. -- 臺北市：英屬維京群島商高寶國際有限公司臺灣分公司, 2025.06
　冊；　公分. --

原簡體版題名：女寢大逃亡

ISBN 978-626-402-284-2(平裝)

857.7　　　　114007632